KB232886

직업으로서의 학문·정치

범우문고 119

직업으로서의 학문·정치

막스 베버 지음

김진욱(외) 옮김

범우사

5

차례

■ 이 책을 읽는 분에게

막스 베버의 사상은 '20세기 사상계의 커다란 봉우리' 라고 말한다. 이는 그의 사상이 얼마나 위대한가를 말해주는 것이기도 하나, 한편으로는 그의 사상적 깊이가 그만큼 깊어서 그 뜻을 쉽게 파악할 수 없다는 의미로도 해석될 수 있다. 따라서 그의 전반적인 사상체계를 한 번에 안다는 것은 그렇게 쉬운 일이 아니다. 그렇지만 모든 학문이 그렇듯이 한 단계씩 사상체계를 이해해 나간다면 그렇게 어려운 것은 아니라고 생각한다.

여기서 소개하려고 하는 〈직업으로서의 학문〉〈직업으로서의 정치〉는 그의 사상을 철학적 문장체가 아닌 회화적 문장체로 사회현실을 솔직하게 고발하는 글이다. 이 두 편의 논문을 통해 그의 기본 사상에 쉽게 접근할 수 있게 했다는 점에서 본서를 출간하는 의의가 있다.

〈직업으로서의 학문〉과 〈직업으로서의 정치〉는 뮌헨대

학 근처에 있는 슈다이니케라는 서점의 작은 홀에서 행해진 강연이다. 이 강연은 자유주의 좌파를 정치적 신조로 하는 학생집단인 '자유학생동맹'이 기획한 일련의 강연 스케줄의 하나로 행해졌다. 원래 그들은 〈직업으로서의 정치〉를 주제로 한 연설을 먼저 요청했으나 베버는 이를 거절하고 〈직업으로서의 학문〉으로 주제를 고쳐 허락했다.

그러나 그후 베버는 이들 학생연맹이 당시 바이에른 혁명의 지도자였던 쿠르도 아니스나에게 이 제목으로 강연을 요청했다는 소식을 듣고, 아니스나의 행동은 결국 점령군의 전면적인 지배를 불러일으켜 패전국인 독일을 더욱 약화시키게 될 것이라고 생각했다. 그리하여 생각할 여지도 없이 그 강연을 승낙하고 두 강연을 연이어 하게 되었다.

강연시기는 1919년 1월 16일에 〈직업으로서의 학문〉이 먼저 강연되었고, 〈직업으로서의 정치〉는 1월 말쯤으로 정확한 날짜는 확인되고 있지 않다. 이들 강연은 학문과 정치 중에서 한 쪽을 택해야 했던 긴장 속에서 태어난 사상가 막스 베버의 유언과도 같은 것으로, 베버의 사상을 이해하기 위해서라도 이 두 논문은 반드시 같이 읽어야 한다고 본다.

강연의 주요 내용은 〈직업으로서의 학문〉의 경우 크게 학문의 의의와 학문과 인간에 대해서 논하고 있는데 구체적으로 학문의 구체성, 문화에 대한 분석, 학문의 진보, 합리화의 과정, 무의미한 현실, 학문가치의 역사와 학문가치의 자유성, 교단에서의 금욕의 필요성, 학문의 기능 등에 대해 자세히 논하고 있다. 〈직업으로서의 정치〉에서는 근대국가의 특징, 직업적인 정치가의 성격 규명, 민주주의를 인도해야 하는 지도자의 자질, 신념윤리와 책임윤리 등을 중심으로 논하고 있다.

더 구체적인 내용은 본문을 참고해주길 바라며, 끝으로 독일 민주당의 창당과 함께 남독일에서 행한 강연회를 평한 주최측의 편지를 소개하여, 그가 얼마나 당시 독일인들에게 감명과 용기를 주어 패전의 슬픔에 처해 있던 그의 조국을 위해 헌신하려 했었는가를 이해하면서 본서의 참 가치를 깨닫길 바란다.

"학문이라고 하는 것이 정치에, 그리고 동시에 독일의 이익에 봉사하지 않으면 안 된다는 것을 인식하고 있는 학자가 당신만큼 솔직하게, 당신만큼 명료하게, 당신만큼 대담하게 우리나라의 현상을 폭로해서 국민의 지도자로서의 인식을 국민 앞에 내보일 수 있었던 사람은 지금까지 없었습니다."

옮긴이

직업으로서의 학문

나는 여러분이 요청해온 대로 '직업으로서의 학문'이라는 주제를 가지고 이야기하려고 합니다. 이야기를 시작하기 전에 먼저 알려드릴 말씀이 있습니다. 그것은 우리 경제학자들에게 공통적으로 있는 현학적 습관이라고 할 수 있는, 이야기를 할 때 언제나 모든 주제의 외면적인 사정이나 상황을 먼저 설명하면서 이야기를 시작한다는 것입니다. 따라서 본인도 이같은 방식에 의해서 말하려고 합니다. 오늘 주제의 경우는 경제적인 의미에서의 직업, 즉 생계를 영위해갈 수 있는 수단으로서의 학문은 지금 어떠한 상황에 처해 있는가라는 문제의식으로부터 이야기를 시작하겠다는 말입니다. 그러나 이러한 문제는 아주 현실적인 문제로서 오늘날 우리들에게 아주 중요한 이야기라고 할 수 있습니다. 왜냐하면 대학생이 대학을 졸업한 후에 대학에 남아서 직업적으로 학문에 전념하려고 할 경우 그가 현재 처해 있는 상황이 어떠한가라고 하는 현실적인 문제이기 때문입니다. 따라서 현재 우리 독일의 사정이 어떠한가를 알기 위해서 우리나라와 가장 대조적이라 할 수 있는 미국의 상황과 비교해보면서 같이 생각해보기로 하겠습니다.

주지하시다시피 독일에서는 직업으로서의 학문에 전념하는 사람들이 맨 처음 시작하는 것은 보통 시간강사라고 할 수 있습니다. 그들은 자신의 저술을 평가받거나 아니면 대부분의 경우 형식적인 시험을 통해 그 학부 교수단의 심사 및 승인을 거쳐 어느 대학에 취직하게 됩니다. 그들은 급료는 받지 않고 학생들이 내는 수강료만을 받고 강의를 합니다. 이럴 경우 강의 제목은 일정하게 허용된 범위내에서 그들 자신이 결정합니다. 그러나 미국의 경우는 사정이 우리와는 전혀 다릅니다. 미국에서는 대개 조수를 임명하면서 직업으로서의 학문의 길을 시작하게 됩니다. 그러나 이들 중에서는 우리나라의 자연과학이나 의학계열 연구소의 경우처럼 시간강사로서 정식으로 취임하는 이는 극소수에 불과하고, 나아가 이들은 오랜 기간이 경과한 후에야 비로소 정식으로 취임하는 경우가 대부분입니다.

그렇다면 이러한 차이가 왜 나는지를 설명한다면 다음과 같습니다. 즉 독일에서는 학문에 종사하려는 사람의 입문 경로가 일반적으로 금권주의적인 전제 아래 서 있기 때문에 재력 없는 젊은 학도가 대학 교직에 취임하는 일은 대단한 모험이 되고 있습니다. 그는 적어도 수년 동안은 이에 수반되는 여러 가지 제약을 받는 환경을 견뎌내야 할 것입니다. 더욱이 그 동안에 그는 후에 생계를 유지할 수 있는 지위에 앉을 수 있느냐의 여부도 알 수가 없기 때문에 불안감도 가져야 합니다.

이에 반해 미국의 경우는, 관료주의적인 조직으로 되어 있기 때문에 겨우 반숙련공이 받는 정도의 대수롭지 않은 액수이지만, 어쨌든 처음부터 유급입니다. 그러나 그들은 분명히 급료를 받기 때문에 외견상으로는 어쨌든 안정된 지위에서 출발을 하는 셈이 됩니다. 그렇지만 여기서도 독일 연구소의 조수와 마찬가지로 어떤 경우에는 해고될 수도 있다는 규칙에 따르게 됩니다. 이러한 규칙은 고용주 측의 기대에 부합되지 않으면 가차없이 적용되곤 합니다. 여기서 말하는 기대란, 그가 강의하는 교실이 언제나 학생들로 가득 차야 한다는 것입니다. 그러나 독일의 경우는 꼭 그렇지 않아도 해고되지는 않습니다. 그 지위가 한번 얻어진 이상은 잃지 않게 되어 있습니다. 하지만 그 자신이 지위를 높여달라고 요구할 만한 권리는 갖고 있지 않습니다. 다만 다년간 근무하고 있으면 자연히 사람들이 그의 처지를 고려하게 되리라는 것은 충분히 기대할 수 있으며, 이는 다시 말해 도의적인 측면에서 그렇게 된다고 할 수 있습니다. 그리고 다른 시간강사의 취임에 문제가 제기됐을 경우에는 선임자가 얼마나 잘했는가를 고려한다는 점을 우리는 주목해야 할 것입니다.

그러나 원칙적으로 유능하다고 평판이 나 있는 학자들은 모두 취직을 시켜야 하느냐 아니면 필요한 정도를 고려하여 현재의 강사들에게 독점권을 안겨줄 것이냐 하는 점은 어려운 문제이며, 이는 나중에 설명할 '대학에 있어서의 교직이 갖는 이중성'과도 관련이 된다고 봅니다. 대부분의 경우에는 후자의 방식이 채택되는데, 이 경우 문제는 주임 교수들이 일반적으로 가능한 한 양심적으로 행동하려고 해도 역시 자신의 직계 제자를 우대하기 쉽다는 점입니다. 이러한 위험은 이 후자의 방식이 채택되면서 증가하는데, 내 경우는 나에게 학위를 받은 제자는 반드시 나 이외의 누군가에게 심사를 받도록 하고, 또 그를 통해 취직까지 시키고 있습니다. 그러나 그 결과를 보면 나의 가장 유능한 제자 중의 한 사람이 다른 곳에서 취직을 거절당하는 사태에 이른다는 것입니다. 아마 그렇게 된 것은 그가 이러한 이유로 나 이외의 다른 교수에게 맡겨졌으리라고는 아무도 믿지 않기 때문일 것입니다.

미국과 다른 또 하나의 사정은, 독일의 경우 일반적으로

시간강사는 그가 원하는 것보다 적은 분량밖에는 강의를
할 수 없다는 점입니다. 물론 권리적인 측면에서 본다면 그
는 그 과의 강의를 모두 할 수 있습니다. 하지만 권리가 있
다고 해서 그렇게 하려고 한다면 선배들에 대해 너무 염치
없는 행동이 될 것입니다. 그래서 대개 중요한 강의를 하는
이는 주임교수이고 이들은 단지 부수적인 강의만을 하는
것으로 만족하게 되는 것입니다. 그렇지만 이러한 점에 있
어서도(이점은 있게 마련인데) 설령 스스로 마음에 들지 않는다
해도 젊은 시절을 충분히 자신의 연구를 위하여 활용할 수
있을 것입니다.

　그러나 미국의 경우는 이와는 판이하게 다릅니다. 미국
의 조수들은 이 젊은 시절을 계속 대학에서 강의하는 일로
만 보내고 있다는 것입니다. 왜냐하면 그들은 급료를 받는
몸이기 때문입니다. 예를 들면 독문과의 경우 정교수는 괴
테에 대해 일주일에 3시간 정도 강의를 하면 되지만 젊은
교수의 경우에는 매주 12시간의 강의를 통해 독일어의 기
초를 가르쳐야 합니다. 한편 우란트 정도의 시인들에 대한
강의라도 맡게 되면 좋은 편에 속한다고 할 수 있습니다.
왜냐하면 강의 계획은 각 학부의 교수회의에서 미리 정해
놓기 때문에 조수들은 독일 연구소의 조수들과 마찬가지로
이에 따르지 않으면 안 되기 때문입니다.

그런데 최근 독일의 대학제도를 살펴보면 대체로 이 미국적인 경향에 접근해가고 있는 것 같습니다. 오늘날 독일의 의학이나 자연과학 계통의 커다란 연구소들은 모두 '국가자본주의적'인 사업의 일환으로 운영되고 있습니다. 이러한 사업들은 원래 막대한 자본이나 설비 없이는 운영될 수 없는 것이기 때문에 일반적으로 자본주의적인 경영을 하게 마련인데 이러한 상황이 우리 독일에서도 생겨나고 있다는 것입니다. '노동자의 생산수단으로부터의 분리'라는 게 바로 그 말입니다. 즉 노동자(이 경우는 연구소의 조수를 의미함)는 국가로부터 대여받는 노동수단에 전적으로 의존하지 않으면 안 된다는 것입니다. 이는 마치 공장주에게 공장노동자가 의존하고 있듯이 연구소장에게 의존하고 있는 셈이 되는 것입니다. 왜냐하면 연구소장은 당연히 연구소가 자신의 연구소라고 생각하게 되는데, 그것은 그가 그곳의 지배자이기 때문입니다. 그러므로 연구소의 조수는 흔히 프롤레타리아처럼, 그리고 미국의 대학조수처럼 불안정한 입장에 놓이는 것입니다.

이처럼 우리 독일의 대학생활은 다른 일반생활과 마찬가지로 이제 현저히 미국화되어가고 있습니다. 아마도 이 변화는 다시 각 학과의 내부로 파급될 것입니다. 종래에는 어느 학과에서나 시간강사들은 그들의 노동수단인 도서류를 스스로 소유하고 있었습니다. 우리 학과에서는 지금도 대체로 그렇게 하고 있습니다. 이는 마치 예전의 수공업자들이 자신의 노동수단을 소유하고 있었던 것과 마찬가지입니다. 하지만 이제 상황은 급속히 변화되어가고 있습니다.

이 변화가 기술적인 의미에서 진보라는 사실은 의심할 나위도 없습니다. 이는 자본주의적, 관료주의적인 경영이라고 일반적으로 말할 수 있는 것입니다. 하지만 이러한 경영 방침을 취하는 대학의 정신은 독일 대학의 전통적인 기풍과는 다른 것입니다. 또 이러한 대규모의 자본주의적 대학경영의 관리인과 종래의 방식을 따르고 있는 교수들 사이에는 표면적으로나 실질적으로나 현격한 차이가 있을 것입니다. 전반적으로 마음가짐부터가 전혀 다른 것입니다.

그러나 이 점에 대해서는 더 이상 언급하지 않겠습니다. 아무튼 오늘날 독일의 대학이나 연구소에서의 이전과 같은 직원편제는 외면적으로나 내면적으로 이미 유명무실한 것이 되어버렸습니다.

다만 직원의 승진에 관한 것은 종래의 방식을 따르는데, 그것은 강사나 연구소의 조수가 나중에 정교수나 연구소의 간부가 되기 위해서는 단지 요행을 기다리는 수밖에 없다는 점입니다. 더구나 이러한 경향은 오히려 종래보다 더 심해지고 있습니다. 그러나 이러한 경향이 전적으로 우연에 의해서 지배되었다는 것은 실제로 상상하기도 어려운 일입니다. 아마도 이처럼 우연에 의해 좌우되는 직업상의 경력은 다른 직업에서는 찾아볼 수가 없을 것입니다. 내가 군이 이 점을 강조하는 것은 나 같은 사람도 전적으로 이러한 우연 덕분에 나와 동년배이며, 분명히 나보다 더 적임인 사람이 있었을 것임에도 불구하고, 아직 꽤 젊은 시절에 한 학과의 정교수로 임명되었기 때문입니다. 또 이러한 경험으로 나는 많은 사람들의 불행한 처지를 더욱 분명히 내다볼 수 있다고 자부하고 있습니다. 이 불행한 사람들의 경우는 우연히 내 경우와는 정반대의 결과를 가져온 것이며, 따라서 그들이 설령 아무리 재능이 있다 하더라도 이러한 선택기구 속에서 그들은 적합한 지위에 앉을 수 없었던 것입니다.

그런데 이처럼 재능이 아니라 요행이 커다란 역할을 한다는 것은 결코 거기에 현재의 이와 같은 사회적 정황이 작용하고 있기 때문만은 아닙니다. 원래 인선이라는 것은, 이런 경우뿐만이 아니라 모든 인선에는, 언제나 이러한 일들이 수반되게 마련입니다. 그러나 만일 대학에 평범한 사람들만이 세력을 떨치고 있다는 사실이 학부나 문교당국 책임자의 인격적인 저질성 때문이라고 한다면 이는 부당한 일일 것입니다. 이러한 일은 오히려 많은 사람들, 특히 많은 단체가 협력하는 경우에 공통적으로 볼 수 있는 어느 사회의 법칙이 그렇게 만든 것이며, 어느 학부나 문교당국과 협력하여 인선을 하는 경우 역시 이 법칙의 지배를 받지 않을 수 없는 것입니다.

이에 대응하는 현상으로는 지난 수세기 동안 이루어진 법왕선거의 경우에 잘 나타나고 있습니다. 이것은 같은 절차를 걸치는 인선의 예로서 당면하고 있는 사정을 이해하는데 매우 중요한 것입니다. 왜냐하면 일반적으로 인기 있는 사람이라고 불리고 있는 추기경도 당선될 기회가 드물기 때문입니다. 대개는 제2내지 제3의 후보가 당선되곤 하는 것입니다. 이는 미국의 대통령 선거에서도 해당되는 말입니다. 여기서도 제1의 후보이며 가장 인망이 있는 사람이 그가 속해 있는 정당의 지명을 받는 일은 드물고 오히려 제2의 후보나 제3의 후보가 지명되어 출마함으로써 선거권 내로 진입하는 것입니다. 미국에서는 이러한 인선방식에 대해 이미 몇 개의 사회학상의 술어가 존재하고 있을 정도입니다. 만일 이러한 예에 대해서 집단의 의지에 의거하는 인선의 여러 법칙을 연구한다면 매우 흥미로울 것입니다. 지금은 이러한 문제를 파고들지는 않겠지만 아무튼 이러한 종류의 법칙은 대학직원의 경우에도 마찬가지입니다. 여기에서도 흔히 그와 같은 예상 이외의 사건으로 순번이 틀어지는 일이 일어나게 되는데 그것은 하나도 놀라운 일이 아닙니다. 놀라운 일은 오히려 이렇게 선출되었음에도 불구하고 언제나 적임자가 임명되는 경우가 많다는 것입니다. (오늘날 몇 개의 나라들에서 그렇게 하고 있는 것처럼) 군주라든지, 혹은 (현재의 독일에서 볼 수 있는 것처럼) 혁명적 권력자들이 어떤 정책적인 이유 때문에 이 점에 대해 간섭을 했을 경우에는 아첨꾼이나 야심가들만이 취임할 기회를 갖게 되는 것입니다.

대학의 교수는 그 누구도 그가 취임했을 때의 사정을 회상하기를 좋아하지 않습니다. 왜냐하면 그것은 대개가 불유쾌한 기억이기 때문입니다. 그러나 굳이 말한다면 내가 알고 있는 한 대부분의 경우 예외없이 거기에는 선택을 공정하게 하려는 선 의지가 작용하고 있었습니다.

그러므로 대학교수의 운명을 결정하는 대부분이 요행이라고 하는 것은 단지 집단의지에 의거한 인선의 결함에서만 오는 것은 아니며, 이렇게 요행이 작용할 경우에는 다른 이유가 밝혀질 필요가 있는 것입니다. 적어도 학문을 자신의 천직이라고 생각하는 청년은 그의 사명이 일종의 이중성을 갖는다는 것을 알고 있어야 합니다. 왜냐하면 그는 학자로서의 자격뿐만 아니라, 교수로서의 자격도 가져야 하기 때문입니다. 이 두 가지 자격은 결코 언제나 합치되는 것은 아닙니다. 매우 훌륭한 학자이면서도 교수로서는 전혀 쓸모없는 사람도 있을 수 있는 것입니다. 이를테면 헬름홀츠나 랑케 같은 사람들이 그러했던 것입니다. 그렇다고 이러한 사람들이 결코 특별한 예외만은 아닙니다.

그런데 이 점과 관련해 주의할 점은 독일의 대학, 특히 작은 여러 대학들이 학생수의 다소를 가지고 서로 우스운 경쟁을 벌이고 있다는 점입니다. 대학이 있는 동네의 하숙집 주인들은 학생들의 수가 1000명이 넘으면 축제소동을 벌이고, 또 2000명에 이르면 횃불행렬까지 벌이곤 합니다. 그러나 청강료의 상승폭은 실은 이웃 과(科)에 인기 있는 학자가 오면 그것 때문에 변화하는 것이고, 이 점을 도외시한다 하더라도, 청강자의 수가 뭐니뭐니해도 분명한 기준이 되곤 합니다. 그러나 인기를 가질 수 있는 학자로서의 성질은 측정할 수 없는 것입니다. 특히 대담한 학설을 제시하는 개혁자 등은 흔히―당연한 일이긴 하지만―이 성질마저 의심을 받게 되는 것입니다. 따라서 청강자가 많다는 이 대단한 행운과 이에 대한 평가가 대개 모든 것을 결정하는 표준이 되는 것입니다. 만일 어느 강사가 교사로서는 부족하다는 평을 받는다면 설령 그가 세계 제일의 학자라고 해도 대부분의 경우 그것은 대학에서 교직에 종사하는 사람으로서는 사형선고를 받는 것이나 마찬가지입니다. 요컨대 어떤 사람이 교사로서 우수한가의 여부는 고맙게도 출석해주는 학생들의 수에 의해 결정되는 것입니다.

문제는 어느 교사에게만 학생들이 모이는 원인의 대부분이 그 사람의 기질이나 단순히 목소리의 억양과 같은 외면적인 사항에 있다는 것입니다. 더구나 출석자의 수가 얼마나 이 외면적인 요소에 의해 좌우되고 있는가 하는 것은 거의 믿어지지 않을 정도입니다. 이러한 점과 관련해 나는 오랫동안의 경험과 냉정한 고찰을 통해 일반적으로 많은 학생들을 한 곳에 모아 진행하는 수업의 가치를 의심합니다. 물론 그것을 폐지해버릴 수 없을 것입니다. 또 그것은 민주주의 교육의 당연한 귀결이기도 합니다. 하지만 우리는 독일 대학이 보여주고 있는 것처럼 학문적인 훈련이 본래 상류 특권계층의 일임을 인정하지 않을 수 없습니다. 다른 한편으로 학문상의 여러 문제를 머리는 있지만 훈련받지 못한 사람들에게 이해시키고 또—우리에게 있어서는 그야말로 중요한 일이지만—이 문제들을 해결하기 위해 스스로 생각하도록 설명해주는 일은 아마도 교육상 가장 곤란한 과제일 것입니다. 그것은 분명한 일이지만, 이 과제가 수행되고 있느냐의 여부는 청강자의 수에 의해 결정되는 것은 아닙니다.

따라서 이러한 해설의 기술은 결국 개인의 천부적인 것

의 하나이며 이것이 학자로서의 자질과 일치되는 것은 아닙니다. 프랑스와는 달리 우리나라에는 학문상의 불멸단체는 존재하지 않습니다. 우리나라의 전통에 의거하여 대학은 연구 및 교구라는 두 가지 과제를 똑같이 존중해야 합니다. 그렇지만 이 두 가지 재능을 함께 갖춘 학자의 출현은 전적으로 우연에 맡기는 수밖에는 없을 것 같습니다.

따라서 대학에서 교직에 종사하는 사람의 생활은 모두 요행의 지배하에 놓여 있게 되는 것입니다. 젊은이들로부터 취직상담을 받았을 경우에도 우리는 그들에 게 하는 자신의 말에 책임을 질 수가 없습니다. 만일 그 사람이 유태인이었다면 우리는 모든 희망을 버리라고 말할 것입니다. 그러나 설령 그가 유태인이 아니더라도 그러한 경우 우리는 그를 향해 자네는 범용한 자들이 해마다 자네를 앞질러 승진해가는 것을 보아도 화를 내거나 불쾌히 여기지 않을 수 있겠느냐는 식으로 다짐을 해두어야만 할 것입니다. 그런데 이러한 사람들로부터 들을 수 있는 대답은 으레 이러한 것입니다. 즉 "나는 단지 내 천직을 위해 살아갈 뿐입니다."—하지만 적어도 내 경험에 의하면—이들이 정신적 타격을 받지 않고 그러한 일을 견뎌내는 경우는 매우 드물다는 것입니다.

직업으로서의 학문에 대한 외면적인 사정에 관한 설명은 이상으로 충분할 것으로 생각됩니다. 그러나 여러분이 듣고 싶어하는 이야기는 학문을 직업으로 삼고 있는 사람의 '마음가짐'에 관한 이야기일 것이라고 생각합니다. 그런데 오늘날 이 직업에 종사하는 사람들의 객관적인 처지는 차치하고, 그들의 주관적인 태도가 무엇보다도 학문이 이전에는 볼 수 없었던 전문화의 과정으로 접어들어가고 있다는 점입니다. 또한 이러한 경향은 앞으로도 계속될 것이라는 사실입니다.

요즈음 학문적인 것을 완성시켰다는 긍지는 오직 자기의 전문분야에만 전념함으로써 얻어지는 것입니다. 이는 단지 외적 조건에서 뿐만이 아니라 마음가짐에서도 그렇습니다. 우리도 이따금 그렇게 하지만, 대체로 인접한 영역의 세력권을 침범하는 일에는 일종의 체념이 필요합니다. 이를테면 사회학자가 하는 일은 본래 어떠한 성질을 지닌다 하더라도 그가 가령 어느 영역의 전문가에 대해, 그의 전문적 견지에서는 쉽게 알아낼 수 없는 유익한 문제제시를 하는 수가 있다 하더라도, 막상 이 문제를 자신의 일로서 다룰 때 그 결과는 으레 불완전한 형태로 끝나는 경우가 많다는 것입니다. 학문을 위해 살아가는 사람은, 오직 자기의 전문분야에 전념함으로써 자신은 이제 먼 훗날까지 남을 수 있는 업적을 달성했다는, 아마도 평생 동안 두 번 다시 맛볼 수 없는 커다란 기쁨을 느낄 수 있을 것입니다. 실제로 오늘날 가치가 있고 또 완벽한 영역에 이르는 업적은 모두 전문가적인 차원에서 성취된 것들 뿐입니다. 다시 말해서 스스로 눈가리개를 부착할 수 없는 사람이나, 자신의 능력으로 전심전력해도 어느 사본(寫本)의 일부분이나마 올바른 해석에 열중할 수 없는 사람은, 학문과는 인연이 없는 사람들이라 할 수 있습니다. 요즘은 학문상의 '체험'이라는 말들을 흔히 하는데, 이 사람들은 아마도 끝내 이러한 학문상의 '체험'을 몸소 경험할 수가 없을 것입니다.

이처럼 지금까지는 별로 중요하지 않던, 제3자에게는 어리석게 보이는 학문에 몰입하는 삼매경, 즉 정열은 위에서 말한 것처럼 어느 사본의 어느 부분은 다루면서 '이것이 수천 년 전부터 해석되지 못하고 있는 영원한 문제'라고 보고, 모든 것을 다 잊고 그 해석을 얻는 데만 열중하는 열정이 없는 사람은 학문에 종사하는 데 적합하지 않다고 봅니다. 그런 사람은 뭔가 다른 일을 하는 편이 낫습니다. 왜냐하면 적어도 인간으로서의 자각을 갖고 있는 사람은 '정열' 없이 하는 일이란 모두가 무가치하기 때문입니다.

그러나 다른 한편으론, 아무리 정열이 있고 또 그것이 아무리 깊고 순수한 것일지라도 거기서 얻어질 리가 없는 결과를 억지로 얻으려 하는 정열은 무의미한 것입니다. 따라서 정열이란 이른바 '영감'을 낳는 지반(地盤)이 되어야 하고, 이러한 '영감'이 학자에게는 결정적으로 중요합니다.

그런데 요즘의 젊은이들은 학문이 마치 실험실이나 통계작성실에서 다루는 계산문제인 것처럼 생각합니다. 그들은 마치 공장에서 무엇을 제조할 때처럼, 학문이라는 것은 '전심전력'을 기울일 필요 없이 단지 기계적으로 머리를 쓰기만 하면 할 수 있는 것처럼 생각합니다. 하지만 여기서 주의해야 할 것은 이러한 사람들의 대부분이 공장이나 실험실에서 어떤 일이 이루어지고 있는지를 하나도 모르고 있다는 점입니다. 실험실이나 공장에서도 뭔가 의미 있는 결과를 가져오기 위해서는, 언제나 그 장소에 적합한 어떤 '착상'이 필요합니다. 그렇지만 이 착상은 억지로 얻으려 해도 얻어지는 것은 아닙니다. 원래 그것은 단순한 기계적 계산 따위와는 거리가 먼 것입니다. 하지만 단순한 계산이라 하더라도 좋은 착상을 얻는 데는 불가결한 하나의 수단이 될 수도 있습니다. 그런 의미에서, 어느 사회학자가 진득한 나이에 수개월 동안 수만 개의 쓸모없는 계산문제와 씨름을 하고 있다 해도 그는 군이 이를 후회할 필요는 없을 것입니다. 다만 이 경우, 그가 계산기 따위에만 의존하고 있었다면 아마도 기대한 결과는 얻을 수 없을 것입니다. 또 가령 얻었다 해도 거의 모두 보잘것없는 결과에 지나지 않을 것입니다. 더욱이 이 경우, 계산하는 도중에 거기서 얻어지는 개개의 결과가 가져올 효과에 대해 미리 무엇인가를 알아채고 있지 않았다면 실로 이 보잘것없는 결과조차도 생겨나지 않을 것입니다.

일반적으로 착상이라는 것은 사람이 열심히 일을 하고 있을 때에만 나타납니다. 물론 언제나 반드시 그런 것은 아닙니다. 그런데 종종 비전문가의 착상이 전문가의 그것에 비해 좋은 경우도 많습니다. 실제로 우리의 학문 영역에서 가장 좋은 문제제시나 그 문제에 대한 가장 훌륭한 해석은 비전문가의 착상을 통해 이루어지는 경우가 많기 때문입니다. 헬름홀츠가 로버트 마이어에 대해 이야기하고 있는 것처럼 비전문가와 전문가가 다른 점은, 비전문가는 일정하게 정해진 작업방법을 갖고 있지 않기 때문에 주어진 착상에 의해 그 효과를 판단하고 평가하고 또 이를 실현시킬 능력이 없다는 점뿐입니다. 즉 착상이 작업의 역할을 할 수는 없다는 것입니다. 또 작업이 착상을 대신하거나 이를 강화시킬 수도 없습니다. 마찬가지로 정열만으로도 착상을 낳을 수가 없습니다. 작업과 정열이—그리고 특히 이 양자가 합해져서—착상을 이끌어내는 것입니다. 하지만 착상은 그것이 원할 때에 나타납니다. 그러나 이것은 우리 마음대로는 되지 않습니다.

실제로 좋은 착상은, 이를테면 예링이 말하고 있는 것처럼, 소파 위에서 담배를 피우고 있을 때나 또 헬름홀츠가 자연과학자다운 정확성으로써 말하고 있는 것처럼, 길게 뻗은 완만한 길을 산책하고 있을 때 일반적으로 나타나는 경우가 많습니다. 아무튼 그것은 사람이 책상 앞에 앉아 탐구에 열중하고 있을 때가 아니라 오히려 사람이 그것을 기대하고 있지 않을 때 별안간 나타나는 것입니다. 하지만 이러한 탐구를 게을리하고 있을 때나 뭔가 열중하고 있는 문제를 갖고 있지 않을 때에 착상은 생겨나지 않습니다.

어쨌든 이러한 '영감'이 주어지느냐의 여부는 운에 달려 있다고 보는 편이 좋을 듯합니다. 학문에 종사하며 살아가는 사람은 이런 점에서도 요행에 의해 지배된다는 것을 감수해야 합니다. 빼어난 학자이면서도 좋은 착상을 가질 수 없는 사람도 있습니다. 그러나 만일 이것이 학문의 경우에만 해당되고 이 실험실과는 달리 비즈니스 사무실에서는 그러한 일이 일어나지 않을 것이라고 생각한다면 큰 착각입니다.

이른바 '취향'이 모자라서 착상—특히 독창적인 착상—이 결핍된 사람들은, 상인이 되거나 실업가가 되어도 평생 동안 겨우 지배인이나 기사(技師)밖에 될 수 없을 것입니다. 그리고 이러한 사람들이 뭔가 독창적인 계획이나 생각을 도출해내는 일은 없을 것입니다. 학자라는 자부심 때문에 사람들은 학자의 생활이 사회의 여러 문제에 직면하는 사업가의 생활에 비해 훨씬 더 영감을 필요로 한다고 생각하기 쉽지만 사실은 결코 그렇지만은 않습니다. 다른 한편으로, 학자의 생활은 예술가의 경우처럼 영감을 필요로 하지 않으리라고 생각하기도 쉽지만 이것도 잘못된 생각입니다. 예를 들어 수학자는 단지 책상 앞에 앉아 계산기 따위만을 사용하여 학문상의 가치 있는 결과에 도달한다고 생각한다면 이는 어린애 같은 상상일 것입니다. 바이에르쉬트러스의 착상은 원래 그 의의나 효과 면에서는 예술가의 그것과 다르고 또한 그 종류도 다르지만 그것이 머리에서 떠오르는 과정은 똑같은 것입니다. 즉 어느 쪽이나 플라톤이 말하고 있는 '매니아'에 해당하는 일종의 삼매경에서 생겨난 것입니다.

그런데 학문상의 영감은 누구에게나 주어지는 것은 아닙니다. 그것은 잠재적 숙명을 안고 있느냐의 여부에 따라 다를 뿐만 아니라 특히 자질을 타고 났느냐의 여부에 따라서도 다른 것입니다. 이는 의심할 수 없는 사실이지만 이 점과 관련하여—그러나 이 사실을 궁극적인 근거로 삼는 것은 아니다—요즘의 젊은이들 사이에서는 일종의 우상숭배가 유행하고 있으며, 이는 오늘날 모든 길거리나 잡지 속에서 찾아볼 수 있습니다. 여기서 말하는 우상이란 '개성'과 '체험'을 가리킵니다. 이 두 가지는 서로 밀접한 관련을 맺고 있는 것으로 개성은 체험을 통해 이루어지고 체험은 개성에 속한다고 할 수 있습니다. 이러한 종류의 사람들은 힘겹게 체험을 얻으려고 애를 씁니다. 왜냐하면 그것은 개성을 지닌 사람에게 어울리는 행동이라고 생각하기 때문입니다. 그리고 체험을 얻을 수 없는 경우 이들은 적어도 이 개성이라는 타고난 자질을 지니고 있는 것처럼 행동하려고 합니다. 이전에는 이 체험의 의미로 독일어 표현인 '센세이션'이라는 말이 사용되었습니다. 또 '개성'이라는 말도 이전에는 더 적절한 표현이 있었으리라고 생각됩니다.

그러나 여기 모여 있는 여러분! 학문의 영역에서 '개성'을 갖는 사람이란 그런 개성이 아니라 그 분야의 일에 봉사하는 사람을 말할 뿐입니다. 더욱이 이는 학문의 영역에만 한정되는 이야기가 아닙니다. 예술가의 경우도 자신의 '일'에 봉사하지 않고 뭔가 다른 일에 손을 댄 사람들 중에는 위대한 예술가가 존재하지 않았다는 것을 우리는 알고 있습니다. 적어도 그 '일'에 관한 한, 설령 괴테 같은 위대한 사람이라 할지라도, 자신의 생활 자체를 예술적으로 만들려고 굳이 시도할 때에는 반드시 그 응보(應報)를 받게 될 것입니다.

이렇게 말하면 혹시 여러분들은 의심스럽게 생각할지도 모르겠습니다. 괴테처럼 위대한 사람은 그러한 시도를 할 수 있지 않겠느냐고 말입니다. 그러나 적어도 괴테와 같은 불세출의 천재뿐만 아니라 이러한 일을 시도하는 사람들은 누구든지 반드시 그 응보를 받지 않을 수 없습니다. 이는 정치가의 경우도 마찬가지입니다. 하지만 지금은 이 점에 관해서는 더 이상 말씀드리지 않겠습니다.

아무튼 스스로를 희생하면서 전심전력해야 할 일을 자신의 이름을 팔기 위한 수단처럼 생각하며 자신이 어떤 인간인가를 '체험'으로써 보여주려고 하는 사람, 즉 '어때, 나는 단순한 전문가는 아니지. 어때, 내가 한 말은 아직 아무도 말하지 않은 거지' 하고 생각하고 있는 사람들은 학문의 세계에서는 틀림없이 아무런 '개성'도 지니고 있지 않은 사람들입니다. 이러한 사람들은 오늘날 흔히 볼 수 있는데 그들은 쓸데없이 자기의 이름을 추락시킬 뿐이고 결국에는 아무런 영향도 주지 못합니다. 오히려 스스로를 희생시키며 자신의 과제에 전력을 기울이는 사람이야말로 그 '일'의 가치를 증대시키고 자신의 이름을 높이게 될 것입니다. 이는 예술가의 경우도 마찬가지입니다.

이러한 점에서는 같을지 몰라도 다른 한편으로는 학자

의 작업은 예술가의 그것과는 전혀 다른 운명 아래 놓여 있다는 것입니다. 왜냐하면 그것은 언제나 '진보'해야만 하는 운명에 놓여 있기 때문입니다. 이에 반해, 예술에는 진보라는 개념이 없습니다. 적어도 학문에서 말하는 바와 같은 진보는 없다는 것입니다. 어느 시대의 예술품이 새로운 기술적 수단, 이를테면 원근법과 같은 것을 사용하고 있다고 해서 이런 수단이나 방법이 결여된 작품과 비교해서 그것이 예술로서 우수하다고 생각하는 것은 그릇된 것이기 때문입니다. 올바른 재료를 선택하고 올바른 방법을 따르고 있는 것이기만 하면, 바꿔 말하면 이러한 새로운 수단이나 방법을 사용하지 않아도 주제의 선택과 제작의 절차에 있어 예술이 지닌 올바른 길을 지향하고 있으면 그것은 예술로서 가치가 있는 것입니다. 이런 점에서 진정으로 '완성'의 경지에 이른 예술품은 결코 다른 것에 의해 대체되거나 시대에 뒤떨어진 작품이 되지 않습니다. 원래 작품의 평가는, 사람에 따라 각기 다르긴 하지만, 진정으로 예술로서 '완성'된 작품은 그것이 예술로서 '완성'된 다른 작품보다 못한 것이라고는 아무도 말할 수 없는 것입니다.

그런데 학문의 경우는 자신의 업적이 10년이 지나고 20년이 지나고 또 50년이 경과하는 동안에 언젠가는 시대에 뒤떨어지게 된다는 것을 누구나 알고 있습니다. 이는 학문이 가지고 있는 공통된 운명입니다. 아니, 바로 여기에 학문적 업적의 '의의'가 존재한다고 할 수 있습니다. 이와 같은 운명을 다른 문화 영역내에서도 찾아볼 수 있다 해도 학문은 그것들과는 다른 방식으로 이 운명에 복종하고 이 운명에 몸을 맡기는 것입니다. 학문상의 '완성'은 언제나 새로운 문제제시를 의미합니다. 그것은 다른 작업에 의해 타파되고 시대에 뒤떨어진 것이 되기를 스스로 원하는 것입니다. 학문을 위해 살아가는 사람은 이를 감수해야 합니다. 원래 학문적 연구방법이 먼 훗날까지 존중되는 경우도 있을 수는 있습니다. 이를테면 그 예술적 성질 때문에 일종의 '기호품'으로서 또는 학문상의 연구를 위한 수단으로서 말입니다. 그러나 학문으로서의 실질적인 기능에 있어서는 그것은 언제나 다른 작업에 의해 대체되는 것입니다. 이는 우리에게 공통된 운명일 뿐만 아니라 실로 우리에게 공통된 목적인 것입니다.

학문을 위해 살아가는 우리는 후세 사람들이 우리보다 높은 단계에 도달하리라는 것을 기대하지 않고는 작업을 할 수가 없습니다. 원칙적으로 이러한 진보는 무한히 계속되는 것입니다. 그렇기 때문에 우리는 여기서 '학문의 의의는 어디에 있는가'라는 문제에 직면하게 됩니다. 왜냐하면 이러한 운명 아래 놓여 있는 학문이 과연 의의가 있는 것이냐의 여부를 논할 때 그것은 결코 자명한 게 아니기 때문입니다. 사실상 종말이라는 것을 갖고 있지도 않고 또 가질 수도 없는 일에 사람은 왜 그렇게 종사하는 것이겠습니까?

이에 대해서는 우선 이렇게 대답할 수 있을 것입니다. 그것은 실천상의, 혹은 넓은 의미에서 기술상의 여러 목적 때문이라고 말입니다. 즉 학문상의 경험이 가르쳐주는 대로 실생활에서의 우리의 행위를 기대하고 있는 방향으로 이끌어가기 위해서입니다. 하지만 이러한 대답은 실용주의자들의 논리에 지나지 않습니다. 본질은 오히려 학문에 종사하는 사람이 자기의 직업에 대해 갖는 마음가짐이 어떤 것이냐는 점에 있다고 할 수 있습니다. 이것도 그가 이러한 것을 일반적으로 추구하고 있을 경우에만 해당하는 이야기입니다. 그러면 그들은 이렇게 말할 것입니다. "학문은 그것 자체를 위해 이루어지는 것입니다"라고 말입니다. 즉 사람들에게 영업상의 또는 기술상의 편의를 안겨주기 위해서도 아니고 또 사람들의 의식주를 개선하기 위해 이루어지는 것도 아니라고 말입니다. 그렇다면 그는 언제나 시대에 뒤떨어진 업적이 되도록 운명지어진 것에 의해서, 전문적으로 분화되고 또 영원히 끝나는 일이 없는 이 일을 통해서 어떠한 의의를 찾고 있다는 것일까요? 이 점을 다루는 데는 좀더 일반적인 고찰이 필요하다고 봅니다.

학문의 진보는 원래 인류가 수천 년 동안 학문의 진보에 따른 합리화 과정의 일부, 아니 그 과정의 가장 주요한 부분을 이루는 것입니다. 그런데 오늘날에 이르러서는 일반적으로 이에 대한 사람들의 태도가 현저히 부정적입니다. 그래서 우리는 우선 이 학문 및 학문에 의해 뒷받침이 되는 기술의 '주지주의적 합리화'가 실제로는 무엇을 의미하는가 살펴보도록 해야 합니다.

지금 이 강당에 모여 있는 여러분은 모두 인디언이나 호텐토트와 같은 미개인보다 자신의 생활조건을 더 잘 알고 있다고 할 수 있을까요? 아마도 그렇지 않을 것입니다. 이를테면 우리가 전차를 탔을 경우 전문가인 물리학자가 아닌 이상 일반적으로 아무도 전차가 움직이는 원리를 알지 못하고 또 꼭 알아야 할 필요도 없습니다. 다만 우리는 그것이 어떻게 움직이는가를 '예측'할 수 있으면 됩니다. 그리하여 우리는 전차의 움직임에 따라 행동할 수가 있습니다. 그러나 그것이 어떠한 구조에 의해 움직이는가에 대해서는 조금도 알 필요가 없는 것입니다. 그런데 미개인은 그들이 사용하는 도구에 대해 이와는 비교가 안 될 만큼 잘 알고 있습니다.

예를 들면, 우리가 무엇인가를 구입하고 돈을 치른다고 합시다. 이 경우 대체 무슨 이유 때문에 돈이라는 것으로

—어떤 때는 많은 분량의, 어떤 때는 적은 분량의—물품을 살 수 있는 것일까 하고 생각해봅니다. 나는 책임지고 말하지만, 설령 이 자리에 경제학의 전문가들이 있다고 해도 이에 대한 대답은 각양각색일 것입니다. 그런데 미개인은 하루하루의 식량을 얻으려면 어떻게 하면 좋은가, 또 이 경우 어떠한 시설이 도움이 되는가 하는 점들을 잘 알고 있습니다. 그러므로 주지화·합리화되고 있다는 것은, 자신의 생활조건에 관한 일반적 지식을 많이 갖고 있다는 의미는 아닌 것입니다. 그것은 다른 것을 의미합니다. 즉 그것을 원하기만 하면 어떤 일이든지 언제나 배우고 알 수 있으며, 거기에는 어떤 신비롭고 예측할 수 없는 힘이 작용하고 있다는 것은 아닙니다. 그것은 오히려 모든 사항은 원칙적으로 예측에 의해 마음대로 할 수 있다는 사실이 주지화·합리화되었음을 의미하는 것입니다. 이는 바로 마법으로부터의 '세계 해방'을 의미한다고 할 수 있습니다. 오늘날 우리는 이러한 신비로운 힘을 믿는 미개인처럼 주술에 호소하여 정령(精靈)을 달래거나 기도를 올릴 필요는 없습니다. 다만 기술과 예측으로서 그러한 역할을 대신하면 되는 것입니다. 바로 이 점이 다른 어떤 것보다도 확실한 합리화를 의미합니다.

그러나 수천 년 동안 서구 문명 속에 계승되어온 이 마법으로부터의 해방 과정에서 작용한 학문이라는 것이 이들의 팔다리가 되고 원동력이 되어 태동시킨 '진보'라는 것은 과연 실제적으로 기술 이상의 어떤 의미를 갖고 있는 것일까요?

여러분은 아마도 이 문제가 레오 톨스토이의 작품 속에서 가장 근본적으로 다루어지고 있음을 알고 있을 것입니다. 톨스토이는 그의 독특한 방식으로 이 문제에 도달하고 있습니다. 그의 머리를 괴롭힌 모든 문제는 결국 죽음이란 의미 있는 현상이냐, 아니냐라는 물음에 귀착됩니다. 그는 이에 대해 문명인에게 있어서는 의미 있는 현상은 아니라고 말하고 있습니다. 왜냐하면 문명인의 생활은 무한한 '진보'의 한 단계를 형성하는 데 불과하므로 본질적으로 종말이라는 것을 가질 수 없기 때문입니다. 즉 문명인의 경우는 누구나를 막론하고 그들의 전도에는 언제나 그 다음 단계의 진보가 가로놓여 있기 때문입니다. 어떤 사람이든지 죽을 때까지 무한한 높이에 다 올라갈 수는 없습니다. 에이브러햄이라든가 또는 일반적으로 고대의 농부들은 모두 늙어버리고 살아가는 데 싫증을 느껴 죽어간 것입니다. 왜냐하면 그들은 각기 유기적으로 완결된 인생을 보냈으며 또한 늙어서는 인생이 그들에게 주는 의미를 모두 알고 있었기 때문입니다. 그리하여 마침내 그들이 풀고자 하는 어떠한 인생의 수수께끼도 남아 있지 않고 이에 싫증을 느낄 수밖에 없었던 것입니다.

그러나 문명의 끊임없는 진보 속에 놓여 있는 문명인은 그 사상이나 지식 문제 등이 복잡해지면서도 풍부해져 살아가는 것을 역겨워할 수는 있어도 살아가는 데 싫증을 느낄 수 없게 되는 것입니다. 왜냐하면 문명생활 속에서 잇따라 생성되는 그들은 근소하고도 일의적인 것들을 그때마다 재빨리 파악하고 있을 뿐 그들에게 있어서의 죽음은 전혀 무의미한 사건에 지나지 않기 때문입니다. 그렇기 때문에 그 무의미한 '진보성'으로 인해 문명 속의 생활 자체도 무의미해지지 않을 수 없는 것입니다. 이러한 사상은 톨스토이 작품의 기조를 이루는 것으로 이는 그의 후기 소설들의 어디서나 찾아볼 수 있습니다.

이러한 사상을 사람은 어떻게 생각해야 할 것인지, '진보'는 그것 자체가 분명한 기술적 의미 이상을 내포하고 있는 것인지, 또한 진보에 대한 봉사는 하나의 직업을 의미 있는 것으로 만드는 것인지 등의 문제는 밝혀져야 할 사항입니다. 하지만 여기서의 문제는 이미 학문에 대한 직업인으로서의 본연의 자세를 다루는 문제는 아니게 됩니다. 바꿔 말하면 직업으로서의 학문은 이에 전념하는 사람에게 무엇을 의미하느냐 하는 문제가 아니라는 것입니다. 오히려 그것은 인간생활 일반에 대한 '학문의 직분'은 무엇이고 또 그 '가치'는 어디에 있는가라는 문제입니다.

그런데 이 점에 대한 생각이 예전에 비해 오늘날에는 많은 차이를 드러내고 있습니다. 여러분은 플라톤의 《폴리티아》제7권의 서두에 나오는 이상한 비유를 상기해주기 바랍니다.

거기에는 동굴 속의 사슬에 매어져 있는 사람들의 이야기가 씌어 있습니다. 그들은 그들 앞에 있는 암벽 쪽을 향하고 있고, 그들의 배후에는 빛이 스며들고 있습니다. 하지만 그들은 이 빛을 볼 수가 없습니다. 그래서 그들은 단지 앞쪽의 벽에 비춰지는 여러 가지 그림자만을 상대로 하여, 그것들 사이의 관계를 해명하려고 애쓰고 있습니다. 이러한 상태는 그들 중의 한 명이 자신에게 매어진 사슬을 끊어버리는 것을 성공할 때까지 계속됩니다. 그는 사슬을 끊어버리고 뒤돌아보며 거기에 빛—태양—이 있음을 알게 됩니다. 눈이 부셔 잘 보이지 않자 그는 손으로 더듬어 주위를 돌아보고 그리고 그가 무엇을 보았는가를 더듬거리며 이야기합니다. 다른 사람들은 그가 틀린 소리를 하고 있다고 말합니다. 그리고 그는 점차 이 빛을 바라보는 데 익숙해집니다. 그리하여 여기서의 그의 사명은 생겨납니다. 동굴 속으로 되돌아가 다른 사람들의 눈을 밝은 빛이 있는 쪽으로 돌려주는 일, 그것이 그의 사명입니다. '그'는 철학자를 가리키고 '태양'은 학문의 진리를 의미합니다. 이 비유는 학문만이 환영(幻影)이 아닌 진정한 실재(實在)를 파악하는 길임을 가르쳐주고 있습니다.

그러나 오늘날 누가 학문을 이렇게 생각하겠습니까? 오늘날 특히 젊은이들의 학문에 대한 생각은 이미 오래 전부터 이와는 정반대 쪽으로 나가고 있습니다. 즉 '학문이 만들어내는 사상의 세계는 인위적인 추상으로 이루어진 그림자의 나라이며, 이 인위적 추상은 그 바짝 말라버린 손으로 실생활의 피[血]나 윤택함을 잡아채려고 하지만 끝내 이를 성취하지는 못한다. 그런데 이 실생활, 즉 플라톤이 묘사하고 있는 동굴의 벽에 비치는 그림자 속에는 진정한 실재의 생기가 넘치고 있다. 이것 이외의 것은 모두 여기서 파생한 것이거나 아니면 단순한 환영에 지나지 않는다'라고 그들은 생각하는 것입니다. 그러면 이러한 변화는 어떻게 일어난 것일까요?

이 《폴리티아》에서의 플라톤의 감격은 당시 처음으로 학문적 인식 일반에 통용되는 중요한 수단의 의의를 자각한 데 있습니다. 그 수단이란 '개념'입니다. 그 효과는 이미 소크라테스가 발견했습니다. 원래 그것을 알고 있던 사람은 소크라테스뿐만은 아니었습니다. 인도에서도 아리스토

텔레스의 그것과 유사한 논리학의 맹아가 발견됩니다. 하지만 여기서 말하는 그 의의의 자각은 소크라테스의 경우가 처음이었습니다. 그에 의해 처음으로, 말하자면 논리의 바이스(공작물을 끼워서 나사로 죄어 움직이지 않게 고정시키는 기계)로 사람을 억누르는 수단이 밝혀진 것이며, 일단 이에 붙잡히면 누구나 여기서 탈출하기 위해서는 자신의 무지를 인정하거나, 아니면 거기에 제시된 진리를 유일한 것으로 인정해야만 합니다. 영원한 진리는 진리에 눈이 어두운 사람들의 행동처럼 시간과 더불어 변천되어서는 안 됩니다. 소크라테스의 제자들에게 있어 이것은 실로 위대한 체험이었습니다.

따라서 만일 미, 선, 용기, 영혼 등에 대한 올바른 개념을 발견하기만 하면 그것의 진정한 실재도 파악할 수 있다고 생각했습니다. 더욱이 이것은 특히 공민(公民)으로서의 생활 속에서 올바로 행동하려면 어떻게 해야 하는가를 알고 또 가르쳐주기 위한 방법을 제시하는 것으로 생각되었습니다. 왜냐하면 어디까지나 공민으로서의 입장에서 사물을 생각한 그리스인들에게 있어서는 모든 것이 이 문제에 귀착되었기 때문입니다. 그들이 학문에 열중한 이유도 바로 여기에 있었습니다.

그런데 그리스 인들에게 있어서의 개념의 발견에 이어

르네상스의 산물로서 나타난 학문 연구의 제2의 수단은 '합리적 실험'이었습니다. 실험은 경험을 확증하기 위한 수단이며 이것 없이는 아마도 오늘날의 경험과학은 성립될 수 없었을 것입니다. 원래 실험은 그 이전에도 있었습니다. 이를테면 생리학적 실험으로서는 인도 요가의 금욕의 기술에서, 수학적 실험으로서는 그리스 고대의 전술이나 중세 때의 광산 채굴의 방법 등에서 사용되고 있었습니다. 하지만 실험을 연구의 원칙으로까지 높인 것은 르네상스 시대의 업적입니다. 당시의 개척자들은 특히 예술 분야에서의 개혁자로서는 레오나르도다빈치 같은 사람을 또 당시의 실험의 특질을 잘 나타내는 것으로서는 시험적인 피아노를 사용한 16세기의 음악 연구가들을 육성하였습니다. 실험은 이 사람들로부터 시작해서 갈릴레이를 거치면서 학문적 영역으로 도입되었고 베이컨에 의해 이론적으로 정립되었습니다. 그리고 이것이 유럽 대륙, 특히 처음에는 이탈리아 및 네덜란드의 여러 대학들의 정밀과학과 관련된 각 학과에 계승되어간 것입니다.

　그러면 학문은 이들 근세 초기의 선구자들에게 있어 무엇을 의미하고 있었을까요? 레오나르도다빈치와 같은 예술상의 실험가나 음악상의 개혁가들에게 있어 학문은 '진정한' 예술에 도달하기 위한 길을 의미했었습니다. 그리고 이 길은 그들에게 있어 동시에 '자연'의 실상에 도달하기 위한 길을 의미하는 것이기도 했습니다. 그들에게 있어 예술은 학문의 위치에까지 높여져야 하고, 예술가는 사회적 지위나 경제적 지위에 있어서 학자의 지위만큼 높아져야 하는 것이었습니다. 이는 이를테면 레오나르도다빈치에게 수기(手記) 등을 쓰도록 동기를 부여하고 있던 명예심입니다. 그런데 오늘날은 어떠합니까? "학문은 자연의 실상에 도달하기 위한 길이다"라고 말하면 이는 오늘날의 젊은이들에게는 뭔가 자연에 대한 모독의 말처럼 들리게 될 것입니다.

그래서 그들은 이렇게 말할 것입니다. "아니, 자기의 자연, 따라서 또 자연 일반으로 되돌아가기 위해서는 반대로 학문의 주지주의를 벗어나야 한다. 더구나 학문은 진정한 예술에 도달하기 위한 길이라는 견해는 논의할 여지가 없는 오류다"라고 말입니다.

그러나 정밀한 자연과학이 성립된 당시 학문은 오히려 그 이상의 일까지도 가능하게 할 수 있다고 기대되고 있던 것입니다. 이와 관련하여 여러분은 스밤메르담의 말을 상기하기 바랍니다. 그는 "나는 여기서 한 마리의 이(蝨)를 해부하여, 여러분에게 신의 섭리를 입증하겠다"고 말했습니다. 이 말을 통해 여러분은 당시(간접적으로) 신교, 특히 청

교도주의의 영향을 받았던 학문 연구가 고유의 과제로 삼고 있는 것이 무엇이었겠는가를 알 수 있을 것입니다.

그것은 신의 위대함을 증명하기 위한 길이었습니다. 그러나 당시의 사람들은 철학자와 그 개념 및 추리를 통해서는 이 길을 발견하지 못했습니다. 신을 발견하기 위해 철학자를 개재시키는 방식은 중세의 방법이었으며, 이 방식으로는 결국 신을 발견할 수 없다는 것을 당시의 경건과 신학자들은 누구나 알고 있었습니다. 특히 슈페너의 경우가 그러했습니다. 즉 신은 전능하고 신의 길은 우리의 길이 아니며 신의 사상은 우리의 사상이 아니기 때문에 단지 신이 하는 일을 물리적으로 파악할 수 있는 정밀 자연과학을 통해 인간은 세계에 대한 신의 뜻이 어떠한 것인가를 더듬어 확인할 수 있을 것이라고 믿은 것입니다.

그런데 오늘날은 어떠한가요? 자연과학자들 가운데서 흔히 찾아볼 수 있는 '커다란 어린애' 같은 이들 외에는 오늘날 천문학이나 생물학, 물리학, 화학 등의 인식을 통해 세계의 '존재 의미' 같은 것을 우리에게 가르쳐주리라고 믿고 있는 사람이 있을까요? 더욱이 그 뿐만이 아니라 가령 이러한 '존재 의미'가 실제로 존재한다 하더라도 오늘날에는 이러한 과학적 인식을 통해 이를 증거하며 확인할 수 있는 방법을 배울 수 있다고 믿고 있는 사람은 없을 것입니다. 하지만 굳이 이러한 학문들이 뭔가 이러한 면에 도움이 되는 점이 있다면 그것은 오히려 이 세계의 '존재 의미'에 대한 신앙을 근본적으로 제거시키고 있다는 일입니다. 당연히 학문이라는 것이 신과 어떤 특별한 인연이나 힘을 가지고 '신'의 존재를 증명하기 위한 길이라고 생각하는 일은 당연히 제거되어야 할 것입니다. 학문이 신과는 아무 관계도 없다는 점은—오늘날 설령 그렇다고 분명히 인정한 것은 아니라 하더라도—마음속으로는 아무도 의심하고 있지 않습니다.

그러나 현실에 있어서는 학문의 합리주의 및 주지주의를 벗어나는 일이야말로 신과 더불어 살아갈 수 있는 근본적인 전제조건이라고 주장하고 있습니다. 이러한 주장은 오늘날 일반적으로 종교적 성향을 가진 청년들이나 종교적 체험을 구하고 있는 청년들의 표어로 되어 있기 때문에 우리는 종종 들을 수 있습니다. 더욱이 이는 종교적 체험을 구하는 사람들에게만 한정된 게 아니고, 일반적으로 체험을 구하는 사람들은 모두 이렇게 말하고 있습니다. 다만 이상한 것은 이러한 사람들이 취하고 있는 방식인데, 그들은 종래의 합리주의가 아직 다룬 적이 없는 유일한 것, 즉 체험이라는 비합리적인 것의 영역을 합리적 의식의 영역으로까지 높인 다음 이를 자세히 음미하는 방식입니다. 그리하

여 비합리적인 것을 억지로 합리화시키려고 하는 현대의
낭만주의는 결국 모순에 빠지게 되는 것입니다. 이렇게 합
리주의로부터의 이탈을 지향하는 시도는 실은 이를 시도하
는 사람들이 생각하고 있는 것과는 정반대의 결과를 가져
오게 되는 것입니다.

　마지막으로 좀 모자라는 낙천주의 때문에 학문을(이 경
우는 학문에 의한 처세법을 말합니다만) '행복'을 향한 길처럼 생각
하며 찬양하는 사람들이 있는데, 이러한 사람들은—'행복
을 발견한 최후의 사람들'[1]에 대한 니체의 부정적 비판을 모
방하여—전적으로 도외시해도 상관없을 것입니다. 그리고
그러한 생각을 하고 있는 사람이 지금도 있을까요? 아마도
교단 위나 편집실 속에서 아직도 찾아볼 수 있는 소수의 '커
다란 아이' 외에는 없을 것입니다.

　본래의 이야기로 되돌아갑시다. 이상과 같은 학문의 의
의에 관한 여러 견해들, 즉 '진정한 실재로의 길' '진정한 예
술로의 길' '진정한 자연으로의 길' '진정한 신으로의 길' '진
정한 행복으로의 길' 등이 모두 이전의 환영으로서 소멸되
어버린 오늘날 학문의 직분이란 도대체 무엇을 의미하는

1　니체의 《차라투스트라는 이렇게 말했다》의 제1부 제5절에 나오는 구절. '최
　후의 사람들'이란 그가 말하는 '초인'의 반대개념으로서 왜소한 인간을 의미
　한다.

것일까요?

이에 대한 가장 간결한 해답은 톨스토이에 의해 제시되었습니다. 그는 이렇게 말하고 있습니다. "그것은 무의미한 존재다. 왜냐하면 그것은 우리에게 가장 중요한 문제, 즉 '우리는 무엇을 할 것인가, 우리는 어떻게 살아갈 것인가'에 대해 아무런 해답도 주지 않기 때문입니다"라고 했습니다. 학문이 이 점에 대해서 대답하지 않는다는 것은 의심할 여지도 없는 사실입니다. 문제가 되는 것은 다만 그것이 어떠한 의미에서 '아무런' 대답도 하지 않는가, 또 대답하지 않는 대신 그것이 올바른 방식으로 질문하는 사람에 대해서 뭔가 다른 일로 공헌하는 것은 아닌가 하는 점입니다.

그런데 사람들은 요즘 '전제가 없는' 학문이라는 말을 곧잘 입에 담곤 합니다. 하지만 도대체 그런 것이 존재할까요?

이 경우 문제가 되는 것은 이 '전제'가 무엇을 의미하느냐 하는 점입니다. 원래 논리나 방법론 상의 여러 규칙의 타당성, 즉 우리가 세계를 이해하는 데 있어서 일반적인 원칙들이 갖는 타당성은, 모든 학문 연구에 있어서 언제나 전제가 되고 있습니다. 하지만 이러한 전제는 적어도 당면한 문제에 있어서는 전혀 논의할 필요가 없는 것입니다. 그리고 일반적으로 학문적 연구는 그밖에 다음과 같은 것을 전제하고 있습니다. 그것은 거기서 나오는 결과가 '이해할 가치가 있다'는 의미에서 중요한 사항이라는 전제입니다. 그리고 분명히 이 전제 속에 우리의 모든 문제가 숨어 있는 것입니다. 왜냐하면 어떤 연구의 성과가 중요한가 아닌가의 여부는 학문상의 수단에 의해서는 논증할 수 없기 때문입니다. 그것은 단지 사람들이 각자의 생활 속에서 궁극적인 입장이 그 연구의 성과가 갖는 궁극적인 의미를 거부하느냐 혹은 인정하느냐에 따라 해석될 수 있기 때문입니다.

게다가 학문의 성격에 따라 이러한 전제에 대한 관계도 크게 달라집니다. 물리학이나 화학 또는 천문학 같은 자연과학은 그것이 최종적으로 도달할 수 있는 우주의 여러 법칙이 당연히 이해할 가치가 있는 것이라는 점을 전제로 하고 있습니다. 여기서 이해할 가치가 있다는 것은 이 법칙들을 통해 어떤 기술상의 목적을 이룰 수 있다라는 뜻이 아니라, 오히려—이 학문을 자신의 '천직'으로 삼는 이상은—'학문 자체를 위해' 이해할 만한 가치가 있다는 의미인 것입니다. 그것이 과연 이해할 가치가 있느냐의 여부는 이 학문 스스로가 논증할 수 있는 사항은 아닙니다. 더구나 이러한 학문들이 대상으로 삼는 세계가 도대체 존재할 가치가 있느냐의 여부, 또 이 세계가 어떤 '의미'를 갖고 있느냐의 여부, 그리고 이 세계 속에서 살아가는 것이 과연 의미가 있는 일이냐의 여부 등은 원래 논증할 길이 없습니다. 이러한 것들은 모두 문제 외의 사항으로 간주되는 것입니다.

그렇다면 학문적으로도 두드러진 발전을 이룩한 실제적인 기술학, 이를테면 근대 의학을 예로 들어보지요. 의학의 근본적인 '전제'는 통속적으로는 단지 생명 자체를 보전하고 유지하며 고통 자체를 가능한 한 경감시키는 일 등을 그 사명으로 하고 있습니다. 하지만 이러한 인식이 바로 문제입니다. 중태에 있는 환자가 차라리 죽게 해달라고 탄원할 경우에도, 또한 그가 살아 있어도 곤란하다는 이유로 그의 가족들이 죽음에 의해 그의 고통을 제거해주는 데 동의할 경우에도, 또 이를테면 환자가 가난한 미치광이여서 그의 가족들이 이 환자를 보살피는 데 많은 비용을 감당할 수 없다는 이유로 그의 죽음을—노골적이든 노골적이 아니든 간에—원하거나 원하지 않을 수 없을 경우에도, 온갖 수단을 동원하여 그의 목숨을 건지려고 합니다. 의학의 전제와 형법이 이러한 소망을 들어주는 일을 의사에게 금하고 있는 것입니다. 하지만 생명이 보전하고 유지할 만한 가치가 있느냐의 여부 및 어떠한 경우에 그러한가 하는 점은 의학이 문제로 삼지 않는 것입니다. 한편 일반적으로 자연과학이 인생을 '기술적으로' 지배하려고 하면 우리는 어떻게 해야 하는가 라는 물음에 대해서는 우리에게 대답해준다고 할

수 없습니다. 그러나 도대체 그것이 기술적으로 지배되어
야 하느냐의 여부와 그것을 우리는 원하고 있느냐의 여부,
그렇게 하는 것은 무슨 특별한 의의를 갖느냐의 여부 등에
대해서는 아무런 해결책도 주지 않으며, 오히려 이것을 그
당연한 전제로 삼는 것입니다.

또 다른 예로 미학과 같은 학문을 생각해봅시다. 미학
은 예술품이 존재한다는 사실을 전제로 합니다. 그리고 어
떠한 조건하에서 예술품이 성립되는가를 해명하려고 합니
다. 그러나 미학은 예술의 영역이 아마도 악마의 영광스런
영역[2]까지도 내포하고 있기 때문에 그 내부의 가장 깊은 곳
에서는 신에 거역하는 점은 있지 않은가, 또 그 내부의 가
장 깊은 곳에 깃든 귀족주의적 정신 때문에 인간애에 거역
하는 것은 아닌가 하는 점을 문제로 삼지는 않습니다. 즉
예술품이 존재해야 하느냐의 여부는 문제로 삼지 않는다는
것입니다.

또 법률학을 예로 들어봅니다. 법률학은 매우 논리적이
면서 동시에 관습적으로 틀에 박힌 법률학적 사유의 원칙

---

2 이른바 '악마파'의 입장에서 본 예술의 세계. 악마파의 입장은 극단적인 탐
   미주의로써 선악의 피안에서 미(美)를 찾으려고 할 뿐만 아니라, 전적으로
   악(惡) 속에서 미를 발견하고, 악마를 찬양하는 입장. 본문 속에서 나오는 샤
   를 보들레르는 이 입장에 의거하고 있다.

에 따라 타당한 것을 확정합니다. 그러나 도대체 법률은 만들어져야 하는가, 이러이러한 규칙은 설정되어야 하는가 등의 물음에 대해서는 아무것도 대답해주지 않습니다. 법률학이 우리에게 가르쳐줄 수 있는 유일한 사항은 우리가 어떤 효과를 얻으려 할 경우 법률학적 사유의 원칙상 이러이러한 법규에 의거하는 것이 가장 적당하다는 것뿐입니다.

또 역사적 문화과학의 경우를 생각해봅시다. 이 학문들은 정치나 예술, 문학 및 사회적 문화현상을 그 발생의 여러 조건과 결부시켜 이해하도록 가르쳐줍니다. 하지만 이러한 문화 현상들이 존재할 만한 가치가 있었는가, 혹은 있는가라는 물음에 대해서는 아무 해답도 제시하지 못합니다. 또한 이러한 문화 현상들을 이해하려고 노력할 만한 가치가 있는가라는 물음에 대해서도 그것 자체로서는 아무런 해답도 내려주지 않습니다. 다만 이 학문들은 위에서 말한 대로 역사적으로 각 시대에 살았던 소위 '문명인'들의 생활이 어떠했는가라는 일에만 흥미를 갖고 그러한 전제하에서 연구되고 있습니다. 하지만 그것이 실제로 흥미가 있느냐의 여부를 '학문적'으로 입증할 수는 없습니다. 그리고 이들 과학들이 이것을 연구한다는 것을 전제로 한다는 것은 흥미가 있다는 것을 증명하려는 게 아닙니다. 이러한 일이란 밝혀질 수 있는 일이 아니기 때문입니다.

　그러나 여기서는 특히 나와 가장 관계가 깊은 사학, 경제학, 국가학 및 이 학과들의 기초가 되는 문화, 철학 등에 대해 논하려 합니다. 대개 정책은 교실에서 다루어져서는 안 된다고들 말하는데, 나도 이에 찬성합니다. 정책은 우선 학생의 입장에서 보아도 교실에서 다루어져서는 안 됩니다.

　이를테면 베를린 대학에서 나의 이전 동료인 디트리히 셰퍼 교수의 교실에서 평화주의자인 학생들이 교단을 둘러싸고 소란을 피운 적이 있었습니다. 또 웨르스터 교수에 대해서도 반 평화주의자인 학생들이 유사한 소란을 피웠다고 합니다. 나는 웨르스터 교수와는 여러 면에서 의견을 달리한다고 생각하지만, 나는 이 두 경우의 소란을 똑같이 유감으로 생각합니다.

　하지만 정책은 교수의 입장에서 보아도 교실에서 다루어져서는 안 됩니다. 그가 학문적인 입장에서 정책을 다루고 있을 경우는 특히 그렇습니다. 왜냐하면 실천적·정책적인 입장의 설정과 정치 조직이나 정당의 입장에 관한 학문적 분석은 전혀 별개의 사항이기 때문입니다. 물론 일반 민중의 정치적 집회 등에서 민주주의에 대해 이야기할 경우에는 자신의 개인적인 입장을 숨기지 않는 게 보통입니다. 오히려 자신이 소속해 있거나 좋아하는 당의 입장을 대신하려는 태도로 말하기에는 좀 꺼림칙하고, 할 수 없이 하게 될 것입니다. 하지만 이러한 경우에 사용되는 말은 결코 학문상의 분석에 사용되는 말은 아닙니다. 다만 사람들을 같은 당파적 입장으로 끌어들이기 위한 정책적 수단이라고 할 수 있습니다. 말하자면 그것은 정관적(靜觀的)인 사유의 땅을 경작하는 쟁기가 아니라 반대파의 사람들에게 향하는 검, 즉 무기인 것입니다.

이에 반해, 만일 강의하는 가운데 교실에서 이러한 종류의 말을 사용했다면 그것은 허용될 수 없는 남용인 것입니다. 교실에서 '민주주의'에 대해 이야기할 경우, 우선 그 여러 가지 형태를 열거하고 그것들의 작용이 각기 어떻게 다른지 분석해야 합니다. 또 사회 생활에 그것들이 각각 어떤 영향을 미치는가를 확정해주고 민주주의를 채용하고 있지 않은 다른 정치적 질서를 그것들과 비교해줌으로써 수강생들이 민주주의를 지향하는데 있어서 그것에 대한 자신들의 근거를 발견할 수 있도록 해야 할 것입니다. 이 경우, 진정한 교사라면 교단 위에서 수강생을 향해 어떤 입장을 강요하는 일이 없도록 주의해야 할 것입니다. 왜냐하면 '사실로 하여금 이야기하게 한다'는 원칙에 비춰볼 때 이러한 태도는 가장 불성실한 것이 될 수 있기 때문입니다.

그러면 대체 왜 이러한 태도를 취해서는 안 되는 것일까요? 미리 말해두지만 나의 동료이며, 존경받고 있는 사람들 가운데에도 위에서 말한 '자기 억제'는 일반적으로 이루어지기 어려운 일이고, 어떤 경우에 이루어졌다 해도 이는 단지 일시적인 기분으로 그렇게 할 뿐이라고 말하는 사람이 많기 때문입니다.

그런데 대학에서 교편을 잡는 사람의 의무는 무엇인가 하는 점은 학문적으로는 아무도 명시할 수 없습니다. 다만 그들에게서 구할 수 있는 것은, 지적인 결백성과 정직성뿐입니다. 즉 한편으로는 사실의 확정, 즉 여러 가지 문화재에 대해 수학적 혹은 논리적인 관계 및 그것들의 내부 구조에 관한 사실을 밝혀서 확정해주거나 다른 한편으로는, 문화 일반 및 개개의 문화적 내용의 가치 문제, 그리고 문화 공동사회나 정치적 단체 속에서 사람은 어떻게 행위해야 하느냐라는 문제 등에 대하여 대답해주게 되는데, 이 두 가지는 전혀 다른 문제로서 동시에 다루어질 수 없다고 하는 사실을 판별하며 강의하는 그런 지적 결백성입니다. 이에 대해 만일 누군가가 왜 교실에서는 이 양자가 똑같이 다루어져서는 안 되는가라고 묻는다면, 예언자나 선동가는 교실의 연단에 서서는 안 될 사람이기 때문이다라고 대답해야 할 것입니다.

예언자나 선동가들에게는 보통 거리로 나가 민중을 설

득하라고들 말합니다. 왜냐하면 거기서는 비판을 할 수 있기 때문입니다. 이에 반해, 그의 비판자가 아닌 그의 말을 경청하는 수강생들이 있는 교실에서는 예언자나 선동가로서의 그는 침묵해야 하고 대신 교사로서의 그가 이야기를 해야 합니다. 만일 교사가 학생들은 정해진 과정을 수료하기 위해 그의 강의에 출석해야 하고, 교실에는 비판자의 시선을 갖고 그에게 대하는 사람은 한 사람도 없다는 점 등을 이용하여, 그것이 교사의 사명임에도 불구하고 자신의 지식이나 학문상의 경험을 수강생들에게 들려주는 대신에 자신의 정치적 견해를 그들에게 강요하려고 했다면 나는 이것은 교사로서 무책임한 짓이라고 생각합니다.

물론 사람에 따라서는 자신이 좋아하거나 싫어하는 감정을 완전히 억제할 수 없는 경우도 있을 수 있습니다. 하지만 이러한 경우에는, 자신의 양심의 거울에 비추어 가장 엄격한 자기 비판을 해야 합니다. 이러한 경우도 있을 수 있다는 것은 그렇게 해도 좋다는 것은 아닙니다. 예를 들어 어떤 목적을 추구하는데 있어서 많은 시행착오는 묵인될 수 있을 것입니다. 그러나 많은 시행착오를 할 바에는 차라리 범하지 않는 게 낫다고 하여 게으름을 피우는 것과는 다르다는 것입니다. 나는 학문 자체를 위해서도 이러한 일은 배제되어야 한다고 봅니다. 실제로 나는 학문의 역사에 비추어 주관적인 가치판단에 기우는 학자가 있을 때에는 으레 사실의 진정한 인식이 정지되어버린다는 점을 입증해주려고 합니다. 하지만 이는 오늘 저녁의 강의 내용을 넘어서는 것이고 이를 위해서는 긴 설명이 필요합니다.

그래서 여기서는 단지 이러한 경우만을 문제로 삼으려 합니다. 이를테면 한 명의 경건한 카톨릭 교도와 또 한 명의 프리메이슨[3]이 교회와 국가의 형태 내지는 종교의 역사에 관한 동일한 강의에 출석하고 있다고 합시다. 이러한 경우, 이 두 사람이 거기서 강의되는 사항에 대해 똑같은 '평가'에 도달할 수 있을까요? 물론 그러한 일은 있을 수 없을 것입니다. 그럼에도 불구하고, 대학에서 교편을 잡고 있는 사람은 그의 지식과 방법이 두 사람에게 똑같이 도움이 되기를 원하고 또 자진하여 그렇게 되도록 노력해야 할 것입니다.

그런데 여러분은 "경건한 카톨릭 교도는 기독교의 성립 당시의 사실에 대해서 카톨릭 교의상의 여러 전제에 따르지 않는 교사의 강의는 결코 승복하지 않을 것이다"라고 말할 것입니다. 바로 그렇습니다. 하지만 이 경우에 다른 점

---

3 비밀 결사의 회원. 이 결사는 처음에 영국에서 생겨나서 얼마 후 온 유럽으로 퍼져나갔다. 초국가적인 인도주의의 실행을 목적으로 삼고, 종교상의 자유를 추구하며, 반 교회적 경향을 보이고 있다.

은, 종교상의 제약을 배제한다는 의미에서 전제를 두지 않는 학문 쪽에서는 '기적'이나 '계시' 등에 대해 실제로는 아무것도 모른다는 점입니다. 만일 이러한 점에 대해 언급한다면 학문은 자신의 '전제'에 불충실하게 될 것입니다. 그러나 신자 쪽에서는 기적이나 계시도 알고 있습니다. 하지만 '전제가 없는' 학문은 그에게 적어도 다음 사항에 대해서는 인정을 받을 수가 있을 것입니다. 즉 만일 기독교의 발생 당시의 사건이 초자연적인, 경험적 설명 속에서는 배제되어야 할 원인적인 여러 계기의 개입 없이 설명되어야 한다면, 이는 '전제가 없는' 학문이 시도하듯이 설명되어져야 한다는 점이 그것입니다. 그러면 신자는 그 신앙에 거역하는 일 없이, 이 점을 인정할 수 있을 것입니다.

그러면 학문은 사실 자체에는 무관심하고 단지 뭔가 실천적인 입장을 취하는 일만이 중요한 사람들에게 있어서는 전혀 의미가 없는 것일까요?

아마도 그렇지는 않을 것입니다. 첫째로, 이러한 점도 생각할 수 있습니다. 즉 유능한 교사가 그의 첫번째 임무로 살아야 하는 것은 그의 제자들이 받아들이기 곤란한 사실, 이를테면 자신의 당파적 의견에 비추어보아 받아들이기 곤란한 사실 같은 것을 인정할 수 있도록 가르치는 일입니다.(누구에게나 그 당파적 의견에 비추어보아 받아들이기가 아주 곤란한 사실은 존재한다) 내가 보기에는, 만일 대학에서 교편을 잡고 있는 사람이 그의 수강생이 이러한 습관을 갖도록 만들었다면 그의 공적은 단순한 지육(知育)상의 공적 이상의 것이 될 것입니다. 나는 이러한 공적을 가리켜 '덕육(德育)상의 공적'이라고 표현하려고 합니다. 이를 위해 비록 강조해서 말했다가 약간의 과장된 면이 있더라도 이는 교사로서 해야 할 당연한 일이라고 봅니다.

지금까지 나는 개인적인 입장을 남에게 강요하는 일은 전적으로 피해야 한다고 논하여 왔습니다. 하지만 이를 피해야 하는 이유는 지금까지 말한 것뿐만이 아니라, 실제적인 입장을 '학문적으로' 주장할 수 없다는 또 하나의 깊은 이유 때문입니다— 객관적으로 주어진 것으로서 전제된 목적을 위한 수단을 논하는 경우는 제외하고— 왜냐하면 오늘날 세계에 존재하는 여러 가지의 가치질서는 서로 해결하기 어려운 투쟁 속에 놓여 있으며, 이 때문에 개개의 입장을 학문적으로 지지하는 것은 그 자체가 무의미한 일이기 때문입니다. 노(老) 밀[4]은 이렇게 말한 적이 있습니다— 나는 밀의 철학을 다른 면에서는 별로 높이 사지 않지만 이 경우는 그의 말이 옳습니다. 그는 "만일 순수한 경험에서

---

4   존 스튜어트의 아버지인 제임스 밀(James Mill, 1773~1836)을 말한다.

출발한다면, 사람은 다신론에 도달할 것입니다"라고 말했습니다. 이 표현은 너무 단조로우면서도 역설적인 말처럼 들릴 것입니다. 하지만 이는 진리를 말하고 있는 것입니다.

즉 우리는 오늘날 다시금 다음과 같은 인식에 도달하고 있습니다. 어떤 것은 아름답지 않아도 신성할 수 있을 뿐만 아니라 오히려 그것은 아름답지 않기 때문에, 또 아름답지 않는 한 신성할 수 있는 것입니다. 이를 입증하는 것은, 이 사야 제53장이나 시편 제21편에서 찾아볼 수 있습니다. 또 어떤 것은 선하지 않아도 아름다울 수 있을 뿐만 아니라 오히려 그것이 선하지 않다는 바로 그 점 때문에 아름다울 수 있습니다. 이는 니체 때부터 알려져 있고 또 이미 보들레르의 《악의 꽃》이라는 시집 속에도 표현되어 있습니다. 그리고 어떤 것은 아름답지도 않고 신성하지도 않고 또 선하지도 않은 대신에 진실할 수 있다는 점, 아니 그것이 진실할 수 있는 것은 오히려 그것이 아름답거나 신성하거나 선하지도 않기 때문이라는 점— 이는 오늘날 오히려 상식에 속한다고 할 수 있습니다.

하지만 이것은 이러한 여러 가지 가치질서의 신들의 투쟁 속에서도 가장 단순한 경우에 지나지 않습니다. 프랑스의 문화와 독일의 문화를 비교하여 '학문적으로' 그 가치의 고하(高下)를 결정하려고 하는데, 어떻게 그렇게 할 수 있는

지 나로서는 알 수 없습니다. 이러한 점에서도 신들은 서로 다투고 있고 더욱이 이는 영원히 계속될 것입니다. 고대 그리스 시대에 아직 세계가 신들이나 수호신의 지배 아래 놓여 있던 무렵, 사람들은 아프로디테나 아폴로 또는 그들이 속해 있는 도시의 수호신에게 각기 공양물(供養物)을 바치고 있었습니다. 이러한 신들을 모시는 태도에는 신비롭기는 하지만 내면적으로는 진지한 자세가 엿보였습니다.

하지만 이러한 자세가 지니는 마력과 외양이 타락해버린 현대에 이르러서도 역시— 단지 의미가 다를 뿐— 같은 일이 벌어지고 있습니다. 그리고 이 신들을 지배하고 그들의 싸움에 결말을 가져오는 것은 운명이지 결코 '학문'은 아닌 것입니다. 학문이 할 수 있는 것은 각 질서 속에서 풀 수 없는 일, 즉 신만이 알 수 있는 일이 무엇인가를 파악하는 것뿐입니다. 교실에서 교사가 진행하는 강의에서도 이 점을 이해시킬 수만 있으면 그 임무는 끝나는 것입니다. 원래 그 강의 속에 감춰져 있는 중대한 '인생'의 문제는 이것으로 해결된 것은 아닙니다. 그것은 대학의 교단 이외의 장소에서 존재하고 있는 다른 힘에 의해서 효력을 나타낼 수밖에 없습니다.

실제로 누가 그리스도의 산상(山上) 수훈(垂訓) 속의 윤리, 이를테면 '원수를 사랑하라'는 구절이나 '남이 만일 너의 오

른쪽 뺨을 치면, 왼쪽 뺨도 내밀어라'는 말과 같은 비유를
학문적으로 반박하려 하겠습니까? 그러나 이를 세속적인
입장에서 볼 때, 여기에 씌어져 있는 것은 분명히 비굴한
자의 도덕이라고 할 수 있습니다. 그러므로 사람은 이 가
르침에 따라 종교적 체면을 유지하느냐, 아니면 남자의 체
면을 지키기 위해 뭔가 이와는 전혀 다른 가르침, 이를테면
'원수를 복수하라. 그렇지 않으면 너는 그 나쁜 짓의 공범
자가 될 것입니다'라는 가르침에 따르느냐 하는 두 가지 중
의 어느 하나를 선택해야 할 것입니다. 즉 각자의 궁극적인
입장이 어떤 것이냐에 따라 한쪽은 악마가 되고, 다른 쪽은
신이 되는 것입니다. 그리고 각자는 그중의 어느 것이 그에
게 있어서의 신이며, 악마인가를 결정해야 합니다. 더구나
이것은 우리 생활의 모든 질서에 해당되는 말입니다. 윤리
적으로 절도가 있는 생활태도에 내재해 있는 위대한 합리
주의는 모든 종교적 예언의 공통된 산물이지만, 이 합리주
의가 이전에는 '유일의 불가결한 신'을 위해 다신교를 그 왕
위로부터 몰아내었던 것입니다. 하지만 외면적 및 내면적
생활의 '실제'에 직면함에 따라, 기독교의 역사에 대해 누구
나 알고 있는 것처럼 여러 가지의 타협이나 완화가 부득함
을 알게 되었을 것입니다.

　그러나 오늘날에는 이러한 일이 이미 종교상의 '일상 다

반사'로 되어 있습니다. 이전의 많은 신들은 그 마력을 잃고 비인격적인 힘이 되면서도 무덤에서 걸어나와 우리의 생활을 지배하려고 다시금 영원한 싸움을 시작하고 있습니다. 그런데 현대인들에게 있어, 특히 현대의 젊은 세대들에게 있어 가장 곤란한 것은 이 일상의 다반사를 견뎌내는 일입니다. '체험'을 추구하는 노력도 이러한 의미의 허약함으로부터 오고 있습니다. 왜냐하면 허약함이란 결국 시대의 숙명을 똑바로 응시할 수 없는 일이기 때문입니다.

그러나 현대 문명의 숙명을 이제 이전보다도 더욱 분명하게 우리가 의식하게 될 것입니다. 지금까지는 1000년 동안에 걸쳐 기독교 윤리의 커다란 정열에 대한 명목상의 혹은 상상의 측면에서의 전일적(專一的)인 귀의(歸依) 때문에 이 숙명을 보는 눈이 어두워져 있었던 것이었습니다.

하지만 이에 관한 논의는 너무 길어진 것 같습니다. 이에 대한 이야기는 이것으로 충분할 것으로 봅니다. 요컨대 오늘날 일부의 청년들이 범하고 있는 과오는 이를테면 이상과 같은 논의에 대해 "그것은 그럴 수도 있겠지만 우리는 단순한 분석이나 사실의 확정이 아닌 무엇을 체험하려고 강의에 참석한 것이다"라고 대답할 수도 있을 것입니다. 그럴 경우 그들은 그들 앞에 서 있는 사람이 아닌 다른 사람 — 즉 교사가 아닌 지도자— 을 구해야 할 것입니다. 우리는 단지 교사로서의 입장으로만 교단에 서는 것입니다. 가르치는 일과 지도하는 일은 별개의 사항입니다. 그리고 이것은 조금만 생각해보면 이내 알 수 있는 일입니다. 여기서 여러분은 한 번 더 미국의 사정을 이해해주기 바랍니다. 왜냐하면 미국에서는 이러한 모습이 뚜렷한 형태로 나타나고 있기 때문입니다.

미국의 학생은 독일의 학생에 비해 비교가 안 될 만큼 조금만 배우게 됩니다. 하지만 다른 한편으론 믿어지지 않을 만큼 많은 시험을 치러야 함에도 불구하고 그들은 아직 이쪽의 학생들에게서 볼 수 있는 것처럼 점수 따기에만 급급해 하지는 않습니다. 이것은 미국에서의 학교생활의 의미가 이쪽과는 다르기 때문이며, 미국에서는 합격증서를 관계(官界)로 진출하는 입장권으로서 생각하는 관료주의적 사고가 시작된 지 얼마 되지 않기 때문입니다. 미국의 청년들은 무엇에 대해서나 또는 어떤 사람에게나 거리끼는 일이 없습니다. 그들은 전통이나 사회적 지위에 대해서도 경의를 표하지 않습니다. 그들이 존중하는 것은 단지 사람들의 개인적인 업적뿐입니다. 그리고 이것을 미국인들은 '민주주의'라고 부르고 있습니다. 설령 그것의 본질이 언어의 과장된 사용방식에 의해 아무리 크게 왜곡되어 있더라도, 어쨌든 그들은 민주주의를 이렇게 생각하고 있으며 여기서는 그것만이 강조되고 있는 것입니다.

　그들은 교사라는 것을 다음과 같이 생각하고 있습니다. '이 사나이는 내 아버지의 돈과 교환하는 조건으로 내게 그의 지식이나 방법을 팔고 있는 것이다. 마치 야채 장수가 내 어머니에게 양배추를 파는 것처럼'. 그리고 그 이상은 별로 생각하지 않습니다. 만일 이 경우 교사가 미식축구 선생이었다면, 그는 그들에게 있어 이 방면에서의 지도자일 뿐입니다. 하지만 만일 그가 축구 선생이 아니고, 또 일반적으로 스포츠 방면의 선생이 아니라면, 그는 어디까지나 일개의 교사이며 그 이외의 어떠한 의미도 없습니다. 그러므로 미국의 젊은이들은 그들로부터 '세계관'이라든지 그들의 생활의 기준이 될 만한 원칙 따위를 구입할(배울) 수 있으리라고는 꿈에도 생각하지 않고 있는 것입니다. 그러나 지금 우리는 이러한 생각에 찬동할 수가 없습니다. 하지만 이와 같은 극단적인 표현 속에도 약간의 진리가 포함되어 있느냐의 여부를 한번쯤은 생각해볼 가치가 있다고 봅니다.

　이곳에 모여 있는 학생 여러분! 여러분은 이처럼 우리에게 지도자로서의 성질을 요구하며 강의에 출석하고 있습니다. 하지만 이 경우, 여러분은 100명의 교사들 가운데 적어도 99명은 인생에 있어서의 축구 선생은 아니라는 점, 아니 대개 어떤 인생 문제에 대해서도 '지도자'가 되도록 허용되어 있지 않았음을 주지해야 할 것입니다.

다같이 생각해봅시다. 인생의 가치는 지도자로서의 성질을 갖고 있느냐의 여부에 의해 결정되는 것은 아닙니다. 또 어떤 사람을 훌륭한 학자나 대학 교수가 되도록 만드는 성질은 그를 실제 생활상의, 특히 정치상의 지도자가 되도록 만드는 성질과는 다른 것입니다. 나아가 이 지도자로서의 성질을 갖느냐의 여부는 전적으로 우연에 의한 것입니다. 만일 교단에 서는 사람들이 모두 학생들의 무리한 기대에 부응하여 지도자로서의 성질을 보이려고 한다면, 이는 매우 우려할 만한 일일 것입니다. 하지만 그것보다 더 우려할 일은 교실에서 지도자인 체하는 일이 일반적으로 대학 교수에게 방임되어 있을 경우입니다. 왜냐하면 자기 자신을 지도자라고 생각하는 사람일수록 실제로는 그렇지 않은 게 보통이고, 또 교단에 서는 사람은 자신이 실제로 지도자인가의 여부를 증명할 수 없기 때문입니다.

대학 교수는 자신의 천직을 학생들에게 조언을 하는 것이라고 생각하고, 또한 그들의 신뢰를 받고 있을 경우에는, 학생들과의 개인적인 접촉을 통해 그들을 위해 노력하는 것이 중요합니다. 만일 그가 세계관이나 당파성을 띤 논쟁에 관여하는 일을 자신의 천직으로 생각하고 있다면 그는 교실 밖으로 나가 실생활에서 그 일을 하는 것이 좋습니다. 즉, 신문지상이나 집회석상, 또는 자신이 속해 있는 단체 속이나 그밖의 자신이 좋아하는 어디에서든지 그런 일을 하는 것이 좋다는 것입니다. 하지만 자신과 의견을 달리하고 있을 수강생이 침묵할 수밖에 없는 장소에서 득의양양한 표정으로 자신의 의견을 발표하는 것은 너무 제멋대로의 행위가 아니겠습니까?

이제 마지막으로 여러분들은 학문은 도대체 개개인의 실제 생활에 어떻게 적극적인 기여를 하는가라고 궁금하게 여길 것입니다. 그러면 우리 다시 한 번 학문의 '직분'에 관한 문제로 되돌아가 이야기해봅시다. 이와 관련하여 우선 당연히 생각해야 할 것은, 학문의 기술적인 측면, 즉 실제 생활에 있어 어떻게 하면 외부의 사물이나 타인의 행위를 예측할 수 있을까 하는 것에 대한 지식일 것입니다. 그런데 여러분은 이에 대해 다음과 같이 말할 것입니다. "학생의 경우를 예로 들어 말하면 위에서 말한 야채를 파는 여자가 하는 일에 지나지 않는다"고 말입니다. 나도 동감입니다. 그러면 그 다음 단계를 살펴봅니다. 이것은 이미 야채를 파는 여자가 하는 일은 아닐 것입니다. 즉 그것은 사물에 대한 사고방식 및 이를 위한 도구와 훈련이 될 것입니다. 하지만 여러분은 또 "그것은 야채를 파는 일은 아니지만 요컨대 야채를 손에 넣기 위한 수단에 지나지 않는다"라고 말할지도 모릅니다. 그러면 여기서는 이 점도 문제 외의 일로 치도록 하지요. 그러나 다행히 학문이 할 수 있는 일은 이것으로 끝나버리는 게 아닙니다.

우리는 다시 그 다음의 단계, 즉 명확성이라는 것 쪽으로 여러분을 이끌 수가 있습니다. 물론 이 경우 우리는 이 명확성을 갖고 있음을 전제로 하고 있습니다. 그리고 명확성을 갖고 있는 한 우리는 여러분에게 이 점을 분명히 밝혀줄 수가 있을 것입니다. 우선 사람이 언제나 문제로 삼는 것은 사물의 가치문제인데— 미리 말해두지만, 여기서는 사항을 간단히 하기 위해 사회 현상을 예로 들어 생각해보려고 합니다— 이를테면 여러분이 실제로 이 문제에 대해 어떠한 입장을 취했다고 합시다. 그러면 여러분은 그 입장을 실질적으로 관철시키기 위해서 학문상의 경험을 통해 어떠한 수단을 사용해야 할 것입니다.

그런데 그 수단이라는 것은 여러분이 피해야 한다고 생각하는 것일지도 모릅니다. 그러한 경우, 여러분은 목적과 그것을 달성하기 위한 불가피한 수단 사이에서 선택을 해야 합니다. 교사는 목적이 수단을 '신성'하게 만들 수 있는지 필연적인 선택을 여러분에게 가르쳐줄 수는 있을 것입니다. 하지만 그는 어디까지나 교사이고, 선동가가 될 의향이 없는 한 그 이상의 일을 가르쳐줄 수는 없을 것입니다.

또 그는 만일 여러분이 어떠한 목적을 달성하려고 한다면 그에 따른 부수적인 현상이 수반된다는 것을 설명할 수도 있을 것입니다. 그리고 이 점에 대해서도 위에서와 같은 말을 할 수 있을 것입니다. 그런데 이 모든 일은 기술자에게도 일어날 수 있는 문제입니다. 실제로 기술자 역시 손실을 되도록 적게 하고 효과를 최대한으로 높인다는 원칙에 따라 수단을 결정해야 할 것입니다. 다만 기술자의 경우에 중요한 것은 그들에게는 언제나 목적이 주어져 있다는 점입니다. 이에 반해, 이러한 목적은 진정으로 '궁극적'인 문제를 다루려고 하는 한, 우리 교사의 경우에는 주어지지 않습니다. 이리하여 우리는 학문이 할 수 있는 최종적인 한도에 도달해 명확성을 높이는 데 기여하게 됩니다. 그리고 동시에 이것이 학문이 할 수 있는 일의 한계가 되기도 하는 것입니다.

즉 우리는 여러분에게 다음과 같이 말할 수 있고, 또 말하지 않으면 안 됩니다. 이러한 실제상의 입장은, 궁극적인 세계관상의 근본적인 태도— 그것은 유일한 것일 수도 있고, 또 여러 가지의 태도일 수도 있다— 로부터 내적인 정합성(整合性)을 갖는 것입니다. 따라서 자기 기만을 하는 일 없이 그 본래의 의미에 따라 도출되는 것이며, 결코 그밖의 다른 근본 태도로부터는 도출되지 않는다는 점이 그것입니다.

이것을 비유적으로 말하면 이런 이야기가 됩니다. 만일 여러분이 어떤 입장을 취하려고 결심하면 여러분은 그 특정한 신만을 섬기고 다른 신에게는 모욕을 가하는 셈이 됩니다. 왜냐하면 여러분이 자기에게 충실한 이상, 여러분은 의미상으로 보아 필연적으로 궁극적인 결과에 도달하기 때문입니다. 이러한 일은 학문에 있어 적어도 원칙적으로는 가능합니다. 철학상의 각 분과(分科)나, 개별 학과 중에서도 본질적으로 철학적인 여러 가지의 원리적 연구는 모두 이러한 일을 지향하고 있습니다. 그리고 우리 역시 우리의 임무를 판별하고 있는 한— 그리고 이것은 여기서는 당연한 전제다— 각자에 대해 그 자신의 행위의 궁극적인 의미에 대해 스스로 책임을 지도록 강요할 수가 있습니다. 혹은 적어도 각자가 그렇게 할 수 있도록 해줄 수가 있는 것입니다. 나로서는 이것은 개인의 사생활에 있어서도 작은 일이라고는 생각하지 않습니다.

만일 어느 교사가 이 일을 할 수 있었다면 나는 여기서도 이렇게 말하고 싶어질 것입니다. 그는 '도덕적'인 힘을 섬기고 있는 것이며, 명확성과 책임감을 안겨주는 의무를 다하고 있는 것이라고 말입니다. 내가 보기에는 만일 어느 교사가 그의 수강생들을 향해 어떤 입장을 강요하거나 암시하지 않는다는 의미에서 보다 양심적이라면 그는 그만큼 용이하게 이 임무를 다할 수 있을 것입니다.

원래 위에서 말한 생각은, 인생이 그 실상을 통해 이해되고 있는 한, 이는 신들 사이의 영원한 싸움으로 이루어져 있다는 근본적인 사실에 의거하고 있는 것입니다. 비유적이 아닌 말로 설명하면, 우리 생활의 궁극적인 지주(支柱)가 될 수 있는 입장은, 오늘날 모두 조정되기 어려운 정도로, 또 해결되기 어려울 정도로 서로 다투고 있다는 점, 따라서 우리는 당연히 이 입장들 중의 어느 하나를 선택하지 않을 수 없다는 점 등이 그것입니다.

이러한 사정 아래서 학문이 누군가의 '천직'이 될 가치가 있느냐의 여부, 또 학문 자체가 객관적으로 어떤 가치가 있는 '직분'을 갖느냐의 여부 따위는 또 하나의 가치판단이며, 이 점에 대해서는 교실에서는 아무런 발언도 할 수 없는 것입니다. 왜냐하면 가르치는 사람의 입장에서는 이 점을 긍정하는 게 그 전제가 되기 때문입니다.

나 자신도 원래 자신의 직업을 통해 이 점을 긍정하고 있습니다. 그리고 주지주의를 최악의 악마로 여겨 혐오하는 입장— 오늘의 젊은이들은 이 입장을 취하고 있고, 더욱이 대부분의 경우 그런 입장을 취하고 있는 것처럼 스스로 상상하고 있을 뿐이지만— 에 있어서도 마찬가지입니다. 아니, 이러한 입장에 있어서는 특히 그렇습니다. 그러므로 이러한 입장을 취하는 사람에 대해서는 "주의하라, 악마는 나이가 많다. 그러므로 악마를 이해하려면 너도 나이가 많아야 한다"고 말해줘야 합니다. 이 말은 어느 쪽이 먼저 태어났는가를 문제로 삼고 있는 게 아니라 만일 악마를 처치해 버리려고 생각한다면, 오늘날 즐겨 행해지고 있는 것처럼, 이를 피하고 있기만 해서는 안 되고 오히려 악마의 능력과 한계를 알기 위해, 미리 악마의 방식을 속속들이 간파하고 있어야 한다는 것이 이 말의 의미인 것입니다.

학문이 오늘날 전문적으로 종사해야 할 '직업'으로서 여러 가지 사실적인 것과 관련된 자각 및 인식을 임무로 삼고 있어야 하고 따라서 그것이 구제나 계시를 말하는 점술가나 예언자의 선물이나, 세계적인 의미에서 말하는 현인이나, 철학자의 명상의 산물이 아니라는 것은, 말할 나위도 없이 오늘날 역사적 상황에서 불가피한 사실이며, 우리는 자기에 충실한 이것을 부정할 수 없습니다. 그리고 만일 여기에 다시금 톨스토이가 나타나 학문이 그것을 해낼 수 없는 이상, 우리는 대체 무엇을 해야 하는가, 또 어떻게 우리는 살아갈 것인가라는 물음— 혹은 오늘 저녁에 여기서 사용된 말로 표현한다면 서로 다투고 있는 신들 중의 어느 신에게 우리는 봉사해야 하는가, 또 만일 그것이 이 신들과는 전혀 다른 것이라면 도대체 그것은 무엇인가라는 물음—
에 누가 대답할 것인가라고 묻는다면, 여러분은 이렇게 대
답해야 합니다. 대답할 사람은, 오직 예언자나 구세주뿐이
라고. 또 만일 거기에 이러한 예언자나 구세주가 있지 않고
혹은 있어도 그 계시가 전혀 믿어지지 않을 때에도, 여러분
은 그들을— 수천 명의 교수들이 국가로부터 급료를 받고
있고 국가로부터 특권을 부여받은 소예언자로서 그 교실에
서 예언자의 역할을 하려 하고 있다고 해서— 억지로 지상
에 소생시키려고 할 필요는 없습니다. 이러한 소예언자들
이 할 수 있는 일이라고는 오늘날의 많은 젊은 세대들에 의
해 갈망되고 있는 예언자가 바로 그때 거기에는 '있지 않았
다'는, 이 결정적인 사실이 갖는 의미를 그들이 충분히 알지
못하고 있음을 제시해주는 일뿐입니다.

　내가 보기에는, 만일 누군가 매우 종교적인 감수성이 강
한 사람을 위해, 그가 지금 신도 없고 예언자도 없는 시대
속에서 생활하도록 운명지어져 있다는 근본적인 사실을,
이 교단 위의 예언자들과 같은 대용물을 안겨줌으로써 은
폐했다 하더라도, 이는 그의 내적인 요구에 있어 아무런 도
움도 되지 않을 것입니다. 오히려 그 종교적 감정의 성실성
때문에 그는 이러한 대용물에 의한 은폐를 거부할 것임에
틀림없습니다.

그러나 이렇게 말하면 여러분은, 그러면 '신학'이라는 게 존재한다는 사실을, 또 그것이 '학문'이고자 하는 요구를 갖고 있다는 점을 어떻게 생각해야 하느냐 하고 질문하고 싶어질 것입니다.

물론 나는 이에 대한 대답을 피하려 하지는 않습니다. '신학'이나 '교의'는 원래 세계 어느 곳에나 있는 것은 아니지만, 기독교 속에만 있는 것도 아닙니다. 옛날로 거슬러 올라가 보면, 고도로 진보한 '신학'이나 '교의'를 이슬람교나 마니교, 구노시스교, 피크교, 배화교, 불교, 인도교의 여러 종파, 도교, 우파니샤드, 유태교 등에서도 찾아볼 수 있습니다. 물론 그 조직화의 정도는 각 종교마다 크게 다릅니다. 그리고 서양에 있어서의 기독교의 신학이, 이를테면 유태교 속에서의 신학에 비해 더욱 조직적으로 구성되어 있을— 혹은 이를 지향하여 언제나 노력이 기울여지고 있을— 뿐만 아니라, 서양에 있어서는 그것의 발전이 언제나 가장 커다란 역사적 의의를 갖고 있었다는 것은 결코 우연이 아닙니다. 왜냐하면 이것을 가져온 것은 그리스 정신이고, 그리고 동양의 모든 신학이 결국 인도 사상에 귀착되는 것처럼, 서양의 모든 신학은 결국 이 그리스 정신에 의거하고 있기 때문입니다.

모든 신학은 종교적인 구제의 주지적 합리화에 지나

않습니다. 어떠한 학문이나 절대로 무전제적인 것은 아니지만, 또 어떠한 학문이든 그 전제를 거부하는 것에 대해 자기의 기본적인 가치를 입증할 수는 없습니다. 그런데 신학은 자기의 작업을 위해, 또 자기의 존재 이유를 입증하기 위해 언제나 두세 가지의 특수한 전제를 가지고 있습니다. 특수한 존재는 본래 각 신학 속에서 각기 다른 의미와 범위를 갖고 있습니다. 그런데 모든 신학이— 이를테면 인도교의 그것도— 갖고 있는 것은 세계는 어떤 의미를 갖고 있을 것임에 틀림없다는 전제이고, 따라서 모든 신학에 있어서의 문제는 그것이 합리적으로 납득이 되기 위해서 이 의미가 어떻게 해석되어야 하는가 하는 점입니다.

이는 마치 칸트의 인식론이 '학문적인 진리는 존재하고, 또 그것은 타당한 것이다'라는 전제로부터 출발하고 이어 이것은 어떠한 조건하에서 합리적으로 가능한가 하는 것을 그 문제로 삼은 것과 마찬가지입니다. 또 현대의 미학자들이— 이를테면 게오르크 폰 루카치처럼 노골적으로, 혹은 단지 사실상— '예술품은 확실히 존재한다'는 전제에서 출발하고, 이어 이는 어떻게 합리적으로 가능한가를 문제로 삼고 있는 것과도 마찬가지라고 할 수 있습니다.

그러나 신학은 일반적으로 이러한— 본질적으로 종교적이며 철학적인— 전제만으로는 만족하지 않습니다. 그

것은 대개 일정한 '계시'가 구제받기 위한 중요한 사실로서
— 따라서 또 이에 의해 비로소 의의 있는 생활이 가능해지
는 사실로서— 단적으로 믿어져야 한다는 점, 또 특정한 정
신 상태나 행위가 신성시되는 자격을 지닌다는 점, 즉 그것
이 종교상의 의의 있는 생활과 그 여러 요소들을 형성한다
는 점 등을 전제로 하는 것입니다. 이리하여 신학에서 문제
되는 또 하나의 문제는 단적으로 승인되어야 할 이 전제들
이, 하나의 전체적인 세계상 속에서 어떻게 의의 있는 것으
로 해석될 수 있는가 하는 점입니다.

그런데 이 전제야말로 신학에서 '학문'과 상반되는 부분
입니다. 이는 보통 사용되는 의미의 '지식'이 아니라 '소유'
입니다. 그렇기 때문에 그것을— 즉 신앙이나 그밖의 신성
한 상태를— '소유'하지 않은 사람에게 있어서는, 신학 자체
가 그것을 대신하도록 할 수가 없습니다. 더구나 다른 학문
으로는 도저히 불가능할 것입니다. 그뿐만 아니라 일반적
으로 '기성' 신학에서는 신자들이 아우구스티누스의 '불합
리하기 때문에 나는 믿는다'라는 경지에까지 도달하게 되
는 것입니다. 이러한 '지성의 희생'의 달인이 되는 능력은
기성 종교의 신앙을 가진 사람들의 결정적인 특징입니다.
그렇다면 이 사실은 '학문'의 가치 영역과 종교적 구제 사이
의 다툼이, 신학— 이에 의해 이러한 사실이 밝혀졌지만—

이 있음에도 불구하고, 아니 오히려 신학이 있기 때문에 조정되기 어려운 것임을 나타내고 있다고 할 수 있을 것입니다.

　'지성의 희생'은 예언자에 대해 귀의자들이, 또 교회에 대해 신자들이 이에 공명하는 경우에만 정당하게 됩니다. 그런데 다음과 같은 방식으로 뭔가 새로운 예언이 생겨난 적은 없습니다. 즉— 여기서 나는 많은 사람들에게 불유쾌한 그 '비유'를 일부러 한 번 더 사용하여 설명하려고 한다 — 현대 지식 계층의 사람들은 대부분 진짜라는 보증이 딸린 오래된 것으로 스스로를 장식하고자 하는 욕망을 갖고 있습니다. 그리고 이에 수반하여 종교 역시 이러한 것의 하나임을 알아차리게 됩니다. 그런데 그들은 종교라는 것을 현재 갖고 있는 것은 아닙니다. 그래서 그들은 이것 대신에 여러 나라들에서 모아온 성자(聖者)의 상(像)으로 농반 진반(弄半眞半)으로 장식한 일종의 가내 예배당을 마련하고, 혹은 그들이 구제의 신성함을 갖추고 있다고 생각하는 모든 종류의 체험 속에서 대용품을 만들어내어, 이것을 손에 들고는 독서계(讀書界)를 돌아다니며 행상(行商) 노릇을 하는 것입니다— 하지만 아직 이렇게 해서 어떤 새로운 예언이 생겨난 적은 없습니다. 요컨대 이러한 것은 일종의 사기거나, 아니면 자기 기만에 지나지 않습니다. 이에 반해, 요즘 어느 틈엔지 나타난 여러 청년단체들이 자신들의 단체 내의 인간 관계를, 어떤 종교적이고 우주적이며, 신비적인 관계처럼 해석하고 있는 것은, 결코 기만적인 의도에서 비롯된 것이라고 할 수는 없습니다. 오히려 뭔가 매우 진지하고 또 성실한 마음으로 그렇게 해석하고 있다고 해야 할 것입니다. 다만 그 해석은 대부분의 경우 자신들에 대한 올바른 해석이라고는 할 수 없을 것입니다. 하긴 진정한 인간애에 의거한 행위는 이에 의해 뭔가 영원히 상실되지 않는 어떤 초인간적인 세계에 기여하고 있다는 자각과 결부될 수가 있습니다. 하지만 그렇다고 해서 이러한 종교적 해석에 의해 그것 자체가 인간 관계에 지나지 않는 것인데도, 그것의 품위를 높이리라고는 내게는 생각되지 않습니다— 하지만 이러한 점은 이미 당면한 문제가 아닙니다.

　오늘날 궁극적이며 가장 숭고한 여러 가지의 가치는, 모두 공공의 무대에서 물러나고, 신비로운 생활의 감춰진 세계 속이나 사람들의 직접적인 교제에 있어서의 인간애 속으로 사라져가고 있습니다. 이것은 우리 시대, 이 합리화와 주지화를— 특히 그 마법으로부터의 세계 해방을— 특징으로 삼는 시대의 숙명인 것입니다. 현대 최고의 예술이 비공공적이고, 기념비적인 존재가 아니라는 점, 또 이전에 폭풍우와 같은 정열로써 수많은 대교단(大敎團)을 들끓게 만들고

또 서로를 융화시킨 예언자의 정신에 상당하는 것은 오늘
날에는 가장 작은 규모의 단체내에서의 인간 관계 속에서
만 아주 희미하게 맥박치고 있을 뿐이라는 점— 이러한 점
들에는 모두 이유가 없는 게 아닙니다.

　만일 기념비적인 예술품을 억지로 만들려고 하거나, 또
'발명'하려고 한다면, 그 결과는 과거 20년 동안의 많은 기
념비적 작품의 경우와 같이 비참한 실패로 끝날 것입니다.
또 만일 뭔가 새로운 종교의 재흥(再興)을, 새로우면서도 진
정한 예언 없이 획책한다면, 그 결과는 실질적으로는 역시
마찬가지의 실패로 끝나고, 더욱이 위의 경우보다 더 나쁜
결과를 불러일으키게 될 것입니다. 그리고 교단 위에서의
예언은 결국 단순한 광신적인 여러 종파를 만들어낼 뿐이
며, 결코 진정한 공동체를 만들어내지는 못할 것입니다.

　이러한 시대의 숙명을 사나이답게 견뎌낼 수 없는 사람
에게는, 다음과 같이 말해야 합니다. 그는 오히려 입을 다
물고, 즉 사람들이 흔히 그러듯이 배교자(背敎者)임을 사람
들에게 선전하며 돌아다니지 말고, 단지 유순하게, 꾸밈없
이 예부터 있어온 교회의 넓고 또 따스하게 펼쳐진 품안으
로 되돌아가라고 말입니다. 이는 별로 그에게 있어 어려운
일은 아닐 것입니다. 어차피 그는 '지성의 희생'을 치러야
하며, 이는 그로서는 피할 수 없는 일이기 때문입니다.

우리는 그가 그렇게 했다고 해서 그를 비난하지는 않을 것입니다. 왜냐하면 이러한 종교상의 무조건적인 헌신을 위해 이루어지는 지성의 희생은, 도덕적인 면에서는 솔직한 지적 염직(廉直)의 의무를 회피하는 일과는 약간 다른 것이기 때문입니다. 이러한 회피는 자기의 궁극적인 입장의 결정에 대한 자기의 숙명을 확인할 용기를 갖지 않고, 이 의무를 무기력한 타협에 의해 경감시키려고 할 때에 생겨나는 것이기 때문입니다. 그러나 내게는 이 타협도, 그 교단 위에서의 예언에 비하면 그래도 나은 편이라고 생각됩니다. 왜냐하면 교단 위에서의 예언은, 교실 속에서는 아무래도 솔직한 지적 염직 이외의 덕은 통용되지 않는다는 것을 알아채지 못하고 있기 때문입니다. 그렇지만 이 덕은 우리에게 이렇게 명하고 있습니다. 오늘날 새로운 예언자나 구세주를 대상으로 신봉하고 있는 많은 사람들에게 있어, 사정은 마치 이사야서에 기록되어 있는 유수(紐囚) 시대의 에돔(Edom : 고대 이스라엘의 경계지역)의 파수꾼의 그 아름다운 노래와 같다는 것을 확인하라고 말입니다.

"어떤 사람이 에돔의 세일에서 나를 불러 말하였다. '파수꾼이여, 날이 밝으려면 아직 멀었소?' 하고 물으니 파수꾼은 '아침이 다가오고 있소. 하지만 지금은 아직 밤중이오, 그대 알아보고 싶으면 다시 오시오' 하고 대답하였다."

이러한 고지(古知)를 받은 민족은, 그 후 2000여 년 동안 이라는 오랜 세월에 걸쳐, 같은 질문을 계속하며 '날이 밝기를' 대망하여 왔습니다. 그리고 이 민족의 무서운 운명은 우리가 알고 있는 바와 같습니다.

여기서 우리는 쓸데없이 바라고 있기만 해서는 아무것도 성취될 수 없다는 교훈은 얻어내야 합니다. 그리고 이러한 태도를 고쳐, 자신의 일에 종사하고, 그리고 '매일의 요구'에— 인간 관계면이나 직업면에서도— 따르도록 합시다. 이는 만일 각자가 자신의 인생을 조종하고 있는 수호령 (守護靈, 데몬)을 발견하고 이에 따르기만 한다면 용이하게 또 간단히 이루어질 수 있는 일입니다.

직업으로서의 정치

여러분들의 희망에 따라 이 강연을 하게 되었지만 나의 이야기는 틀림없이 여러분을 실망시킬 것이라고 생각합니다. '직업으로서의 정치'를 주제로 삼은 강연인 이상 여러분들 쪽에서는 현재의 시사문제에 대한 태도의 표명을 기대할 것입니다. 그러나 그 점은 강연의 맨 마지막 부분에서 생활 전체의 경영 속에서 정치행위가 가지고 있는 의미에 관하여 약간의 문제를 제기할 때에 극히 형식적으로 말씀 드리게 될 것입니다.

한편, '어떠한' 정치를 행해야 하는가, 요컨대 어떠한 '내용'을 우리들의 정치행위에 쌓아올려야 하는가 하는 문제에 대해서는 오늘의 강연에서 모두 제외하지 않으면 안 됩니다. 그러한 문제는 직업으로서의 정치라는 것은 무엇이며, 또 그것이 어떠한 의미를 가질 수 있는 것인가 하는 일반적인 문제와 아무런 관계도 없기 때문입니다.

이제 본론으로 들어가도록 합시다.

정치란 무엇인가. 이는 대단히 넓은 개념이며, 대체로 자주적으로 행해지는 '지도행위'라면 모두 그 속에 포함된다고 할 수 있습니다. 실제로 우리들은 은행의 수표정책이라든가 국립은행의 어음할인정책이라든가 스트라이크 때의 노조정책이 어떻다는 등의 말을 하기도 하고, 도시와 농촌의 교육정책, 어떤 단체의 이사회의 지도정책, 그뿐만 아니라 영리한 아내의 남편 조종정책 등의 표현을 할 수도 있습니다. 그러나 오늘밤 우리들이 고찰의 기초로 삼고 있는 것은 이와 같이 넓은 의미로서의 정치개념은 아닙니다.

오늘 이 자리에서 정치라고 하는 경우, 정치단체— 현재로 말하자면 국가— 의 지도 또는 그 지도에 영향을 주는 행위만을 고찰하기로 합시다.

그러면, 사회학적 입장에서 본 '정치단체'란 무엇일까요. 따라서 '국가'란 무엇일까요.

국가의 개념 또한 그 활동의 내용을 통해 생각해본다면 사회학적으로 정의하는 것이 불가능하다고 할 수 있습니다. 어떤 문제일지라도 대개는 지금까지 어딘가에서 어느 정치단체가 한번쯤은 문제삼아왔던 것으로 생각할 수 있지만 어느 시대에서도 100% 정치적 단체— 정치적이라고 불려지는 단체는 지금의 표현으로 하면 국가이며 역사적으로 보면 근대국가의 선구가 된 단체다— 의 '전매특허'였다고 단언할 만한 문제도 존재하지 않습니다. 오히려 근대국가의 사회학적 정의는 결국 국가를 포함한 모든 정치단체의 고유한 특수수단, 요컨대 물리적 폭력의 행사에 착안하면 비로소 가능해집니다.

'모든 국가는 폭력을 기초로 하고 있다'라고 트로츠키는 브레스트— 리토프스크에서 갈파했습니다. 이 말은 실제로 타당하다고 할 수 있습니다. 만일 수단으로서의 폭력행사와 전혀 관계없는 사회조직만이 존재한다면, 그야말로 '국가'의 개념은 소멸하고 이처럼 특수한 의미로서 '무정부 상태'라고 불러도 좋을 듯한 사태가 틀림없이 출현했을 것입니다. 물론 폭력행사는 국가에 있어서 통상적인 수단도, 유일한 수단도 아닙니다. 그러나 아마도 국가의 특유한 수단이기는 할 것입니다. 그러므로 실제로 오늘날 이 폭력에 대한 국가의 관계는 특별히 긴밀한 것이라고 하겠습니다. 과거에는 씨족을 위시한 다종다양한 단체가 물리적 폭력을 지극히 정상적인 수단으로서 인정하고 있었습니다. 그런데 오늘날에는 다음과 같이 말하지 않으면 안 될 것입니다. 국가라는 것은 어느 일정한 영역의 내부에서— 이 '영역'이라는 점이 특징인데— '정당한 물리적 폭력행사의 독점'을 (실효적으로) 요구하는 인간공동체라고 말입니다.

국가 이외의 모든 단체와 개인에 대해서는 '국가' 측에서 허용된 범위 안에서만이 물리적 폭력을 행사할 권리가 인정되고, 결국 국가가 폭력행사권의 유일한 원천으로 간주된다는 사실, 이는 확실히 현대사회에 특유한 현상이라고 할 수 있습니다.

그러므로 우리들에게 있어서 정치라는 것은 국가 상호간 또는 국가에 포함된 인간집단 상호간에 행해지는 권력의 분배에 관여하여, 권력의 분배관계에 영향을 미치려는 노력이라고 말해도 좋을 것입니다.

이는 대체로 일상의 용어법에도 합치됩니다. 우리들이 어떤 문제에 관하여 이것은 '정치적인' 문제라고 말하거나, 어느 각료나 관료를 '정치적' 관리라고 부른다거나, 이 결정에는 '정치적인' 색채가 가해졌다는 등의 말을 할 경우 거기에는 항상 다음과 같은 점이 고려되어 있습니다. 즉 그 문제에 대한 해답의 결정적 단서가 되거나, 아니면 그 결정을 제약하고, 해당 공무원의 활동범위를 규정하는 것이 모두 권력의 배분·유지·변동에 대한 이해, 관심이라는 점입니다. 정치를 행하는 자는 권력을 추구합니다. 그 경우 권력은 별도의 목적(고매한 목적 또는 이기적 목적)을 위한 수단으로서 추구하든가, 그렇지 않으면 권력 '그 자체를 위해' 즉 권력 자체가 가져오는 우월감을 만끽하기 위해 추구하든가 둘 중 어느 한 쪽일 것입니다.

국가나 역사적으로 그에 선행되었던 정치단체도 정당한 (정당한 것으로 간주되고 있다는 의미이지만) 폭력행사라고 하는 수단에 의해 지탱되는 인간의 인간에 대한 '지배' 관계라고 할 수 있습니다. 따라서 국가가 존속하기 위해 피지배자는 그 당시 지배자의 권위에 복종하는 것이 필요합니다. 그렇다면 피지배자는 어떠한 경우에 어떤 이유로 복종하는 것일까요? 또한 이 지배는 어떠한 내적 정당화의 근거와 외적 수단에 의해 유지되고 있는 것일까요?

우선 지배의 내적 정당화, 즉 '정당성'의 근거 문제부터 언급을 하자면, 여기에는 세 가지의 원칙이 있습니다.

첫째는 '영원의 과거'가 가지고 있는 권위로서 이것은 어떤 '습속(習俗)'이 아득히 먼 옛날부터 통용되어 이를 계속 지켜가려는 태도가 습관화됨으로써 신성화된 경우입니다. 오래된 형태의 가부장과 가산영주(家産領主)가 행한 '전통적 지배'가 그것이라고 할 수 있습니다. 둘째는 어떤 개인의 비일상적인 '천부적 자질'(카리스마)이 가지고 있는 권위로서, 그 개인의 계시, 영웅적 행위, 기타 지도자적 자질에 대한 오로지 인격적인 귀의와 신뢰에 기초한 지배, 즉 '카리스마적 지배'라고 할 수 있습니다. 예언자와— 정치 영역에 있어서— 인민투표적 지배자, 위대한 데마고그(Demagoge)와 정당 지도자가 행하는 지배가 이에 해당합니다. 마지막으로 '합법성'에 의한 지배가 있습니다. 이는 제정법규에 대한 신념과 합리적 규칙에 의거한 객관적인 권위에 기초한 지배로서, 이에 대한 복종은 역으로 법규가 명하는 의무의 이행이라는 형태로서 행해집니다. 근대적인 국가 공무원과 이와 유사한 권력의 담당자들이 행하는 지배는 모두 여기에 속한다고 하겠습니다. 물론 실제의 복종에서 특히 강한 동기가 되는 것은 공포와 희망— 마력과 권력자의 복수에 대한 공포, 내세와 현세에서의 보장에 대한 희망— 이며, 또 그와 함께 각양각색의 이해관계가 고려됩니다. 이 점에 대하여는 바로 뒤에 언급하겠지만, 어쨌든 이 복종의 '정당성'의 근거를 파고들어가 보면 결국은 이상의 세 가지의 '순수형'에 도달하게 될 것입니다. 더욱이 이 정당성이란 관념과 그것이 내적으로 어떻게 토대를 군히게 되는가는 지배의 구조에 있어서 매우 중요한 의미를 가집니다. 물론 순수형은 실제로는 거의 발견되지도 않으며 이들 순수형 상호간의 변용·이행·결합관계는 상당히 복잡하게 뒤엉켜 있습니다. 하지만 그 점을 깊이 파고드는 것은 오늘의 강연에서는 불가능하리라고 생각됩니다. 그것은 '일반 국가학'의 문제라고 할 수 있습니다.

　여기서 특히 우리의 홍미를 야기시키는 것은 세 가지 유

형 가운데 두번째의 경우, 즉 지배가 지도자의 순수한 개인
적 '카리스마'에 대한 복종자의 귀의에 기초하고 있는 경우
입니다. 이것은 '천직'이라는 사고방식이 가장 선명한 형태
로 뿌리를 내리고 있기 때문입니다. 예언자, 전쟁 지도자,
교회나 의회에서 특출난 선동가의 '카리스마'에 대한 귀의
라는 것은 단적으로 말한다면 그 개인이 내면적인 의미에
서 지도자다운 천직을 부여받았다고 생각되어 사람들이 습
속과 법규에 따르는 것이 아니라 지도자 개인에 대한 신앙
때문에 이에 복종한다는 의미입니다. 지도자 개인은 그가
왜소하고 일시적 벼락출세자가 아닌 이상 자신의 일을 위
해 살아가고 자신의 위업을 목표로 할 것입니다. 그러나 그
를 따르는 자— 즉 그의 제자·부하·전적으로 개인적인 동조
자— 의 귀의의 대상은 그의 인품이며, 그 사람의 자질이라
고 하겠습니다. 과거의 경우 가장 중요한 지도자의 형태는
한편으로 주술자와 예언자, 다른 한편으로는 선거의 당선
자, 한 패의 우두머리, 용병대장 등 두 가지로 크게 나눌 수
있었으며, 이런 유형의 지도자는 어느 지역, 어느 시대에서
나 볼 수 있습니다.
　　그러나 여기서 우리들과 좀더 깊은 관계에 있는 '정치 지
도자— 먼저 자유로운 '민중 정치가', 이후 의회에서의 '정
당 지도자'라는 형태로 등장한 정치 지도자— 는 서양의 독

자적인 것입니다. 자유로운 '민중 정치가'는 확실히 서양, 그것도 지중해 문화에 특유한 도시국가라고 하는 토양 위에서만 자란 것이며, '정당 지도자' 쪽도 마찬가지로 서양에서만 뿌리를 내린 입헌국가라는 토양 위에서 자라난 독특한 지도자 형태입니다.

어쨌든 이들 지도자는 언어의 가장 본래적인 의미로서 '천직'에 근거한 정치가이지만, 현실에 있어서 정치권력 투쟁은 어디서든 그들의 힘만으로 추진될 수 있는 것은 아닙니다. 결정적으로 중요한 것은 오히려 그들의 수족이 되어 움직이는 보조수단 쪽입니다.

정치적 지배권력은 어떻게 자신의 지배권을 주장하기 시작했을까요? 이 의문은 모든 종류의 지배에 대해서, 즉, 어떠한 형태의 정치적 지배— 전통적 지배, 합법적 지배, 카리스마적 지배— 에 대해서도 적절한 의문이라고 생각할 수 있습니다.

어떠한 지배기구라도 계속적으로 지배를 하려면 다음의 두 가지 조건이 필요합니다. 첫째는 사람들의 행위가 자신의 권력의 정당성을 주장하는 지배자에게 복종하도록 사전에 방향이 정해져 있어야 합니다. 두번째로 지배자는 만약의 경우 물리적 폭력을 행사하지 않으면 안 되는데, 이를 실행하기 위해 필요한 재물이 위에서 말한 복종을 통하여 지배자의 수중에 장악되어 있어야 합니다. 요약해서 말하면 인적인 행정관료와 물적인 행정수단이 필요합니다.

행정관료는 정치적 지배기구가 존재하고 있다는 사실을 외부에 표시하는 것으로 볼 수 있습니다. 물론 그들도 방금 말한 정당성이란 관념만으로 권력자에게 복종하는 것은 아니며, 물질적인 보수와 사회적 명예라고 하는 개인적 관심을 자극하는 두 개의 수단이 복종의 동기가 됩니다. 가산관료의 봉록(Pfrunde)[5], 봉신에게 있어서 봉읍(Lehen)[6], 근대국가 공무원의 봉급— 아울러 기사의 명예, 신분적 특권, 관리라는 명예심을 포함한 넓은 의미로서의 보수와 이들을 상실하는 데 따르는 불안이 행정관료와 권력자의 관계를 지탱하는 궁극적이고 결정적인 기초가 되는 것입니다. 카리스마적 지도자가 지배하는 경우에도 마찬가지인데, 전사에게는 종군의 명예와 전리품이 있고 데마고그의 추종자에게는 관직의 독점, 피치자의 착취와 정치적 지위에 따른 이

---

5 봉록은 봉건적 내지 신분적 가산제 아래서 현실 또는 의제상의 근무에 대하여 지급되는 비상속적인 급여 형태를 가리킨다.

6 봉읍은 이를 주는 자[君主]와 받는 자[封臣] 사이에 고도의 인격적인 관계 — 수봉계약에 기초한 상호 성실의 맹약(盟約)과 그에 수반하는 독특한 신분적(즉 기사적)인 생활태도와 명예관념— 가 있는 것이 우선 전제되고, 이 수봉관계가 존속하는 한 봉읍은 사권(私權)으로서 봉신(封臣)에게 귀속했다.

권, 게다가 허영심의 만족이라는 프리미엄까지 가미되어 있습니다.

다음으로 폭력을 수반하는 지배관계를 유지하기 위해서는 행정관료와 병행하여 어떤 종류의 외적인 재물이 필요하다고 할 수 있습니다. 이런 점에서도 경제 경영과 매우 흡사합니다. 그런데 모든 국가질서는 권력자 측에서 그 복종을 기대하고 있는 인적 행정관료(관리이든 그밖의 어떠한 것이든)가 행정수단(화폐·건물·무기·차량·마필 등)을 자기 스스로 '소유한다'는 원칙 위에 성립되어 있는가, 아니면 행정관료가 행정수단으로부터 '단절'되어 있는가에 따라 분류할 수 있습니다. 그리고 이러한 단절은 오늘날 자본제 경영 내부의 직원과 노동자가 물적 생산수단으로부터 단절되어 있는 것과 동일한 의미로 생각할 수 있습니다. 요컨대 이것은 권력자가 행정을 자신의 직접 통치하에 두고 개인적인 사용인과 임용관리, 개인적으로 총애하는 신하나 심복을 이용해 통치하고 있는가, 혹은 그와 반대인가 하는 문제입니다. 전자의 경우 행정관료는 물적 행정수단의 소유자, 즉 이를 자신의 권리로서 점유하는 자가 아니며, 지배자의 통치에 복종하는 형태입니다. 이 구별은 과거의 모든 행정조직을 통해 관찰할 수 있습니다.

물적 행정수단의 전부 내지 일부가, 권력자에게 봉사하

는 행정관료 손에 직접 장악된 정치단체를 '신분제적'으로 편성된 단체라고 부르기로 합시다. 예를 들면, 봉건제하의 봉신은 봉토로 받은 영역내에서 행정과 사법을 자신의 재산으로 꾸려나가고, 전쟁을 위한 비용도 자신의 손으로 마련했으며, 그 부하인 하급 봉신의 경우도 그러했습니다. 이는 당연히 군주의 지위에도 영향을 받았습니다. 원래 그 지위는 제일 먼저 주종간의 개인적인 성실성을 바탕으로 한 맹약을 전제로 하며, 봉신이 가진 봉읍과 사회적 명예의 정당성도 거슬러올라가면 군주에게서 유래한다는 또 하나의 조건이 첨가되어 비로소 성립할 수 있는 것이기 때문이다.

　군주가 직할지배하는 다른 하나의 방식도 가장 오래된 정치형태에까지 거슬러올라가면 도처에서 관찰됩니다. 이 경우 군주는 자기에게 예속된 인간(예를 들면 노예(奴隸), 가신(家臣), 총신(寵臣) 또는 자신의 비품창고에서 현물급여와 화폐급여로 고용한 봉록 보유자)을 이용하여 행정의 장악을 시도하며, 그 행정비용은 자신의 재산과 가산 영지로부터 나오는 이익으로 처리하고, 또 군대 장비와 양식도 자신의 곡창·화약고·병기고에서 조달해 완전히 자신의 뜻대로 움직일 수 있는 군대를 만들려고 하였습니다. '신분제' 단체의 군주가 자립성이 강한 '귀족'의 도움을 받아 지배하고 귀족과 그 지배권을 나누어 가지는 데 반해, 직할지배 형태의 군주는 가복(家僕)과 평민(재산이나 고유의 사회적 명예도 없고, 물질적으로도 군주에게 완전히 묶여 있어서 자력으로 이에 대항할 힘을 갖지 못한 계층)을 스스로의 기반으로 삼고 있습니다. 가부장 지배와 가산 지배, 술탄제적 전제정치, 관료제적 국가질서는 모두 이 형태에 속하는 것입니다. 특히 관료제적 국가질서, 그중에서도 가장 합리적으로 완성된 형태로서의 국가질서는 근대국가의 특징이기도 합니다.

근대국가의 발전은 군주와 대등한 위치에 있는 자립적이고 '사적인' 행정권력의 담당자에 대해 군주측의 수탈이 준비되어감에 따라 어디서든 활발히 진행되었습니다. 이 경우의 '사적인' 담당자라는 것은 행정수단, 전쟁 수행수단, 재정 운영수단, 그밖에 정치적으로 이용할 수 있는 모든 종류의 재물을 자신의 권리로서 소유하고 있는 자라고 할 수 있습니다. 이 전 과정은 독립생산자층이 차츰차츰 수탈당해가고, 자본제 경영이 발전해가는 과정과 완전히 일치합니다. 결국 근대국가에서는 정치운영의 전 수단을 움직이는 힘이 사실상 단일한 정점에 결집되어 어떤 관리라도 자신이 지출하는 금전, 자신이 사용하는 건물·비품·도구·병기의 사적인 소유주가 될 수 없게 됩니다. 이리하여 오늘날의 '국가'에서는 행정요원, 즉 사무관료와 행정노무자의 물적 행정수단으로부터의 '단절'이 완전히 관철되어 있다고 하겠

습니다. 이 점이야말로 근대국가 개념에 있어서 본질적인
것이라 할 수 있습니다.

그런데 지금 이런 점에 대하여 극히 새로운 발전이 시작
되었고, 실제로 독일에서도 국가라는 수탈자로부터 정치
수단과 정치권력을 빼앗으려는 움직임이 발견되고 있습니
다.(1918년 11월의 독일혁명) 지금까지의 합법적인 정부에 대신
하는 지도자가 출현하고, 찬탈과 선거라는 방법으로 정치
상의 인적요원과 물적장치에 대한 지배권을 손에 넣은 그
들은 스스로의 정당성을— 그것이 어느 만큼 정당한가는
별론으로 하고— 피지배자의 의사에서 구하고 있습니다.
그리하여 적어도 그 한도에서는 혁명에 의한 수탈은 달성
되었다고 하겠습니다. 아울러 지금까지의 경우가— 적어
도 외견상— 훌륭히 진행되었으므로, 혁명의 앞날은 밝고
자본주의적 경영 내부에서의 수탈도 잘 이루어지고 있다고
확언할 수 있느냐의 문제는 별개입니다. 경제 경영에 있어
서의 관리와 정치적 관리 '행정' 사이에는 많은 유사점이 있
으면서도 근본적으로는 전혀 상이한 법칙을 따르고 있기
때문입니다. 그러나 이런 문제에 대한 의견은 오늘 언급하
지 않겠습니다. 여기서는 우리들의 고찰을 위해 필요한 순
수하게 '개념적인' 점만을 확인해두기로 하겠습니다.

근대국가는 어떤 영역의 내부에서 지배수단으로서의 정

당한 물리적 폭력행사의 독점에 성공한 '안스탈트(Anstalt)'[*7] 적 지배단체라는 것, 그리고 이 독점을 달성하기 위하여 그 곳에서의 물적인 운영수단은 국가 지도자의 손에 집중되고, 그 반면 지금까지 이들 수단을 고유의 권리로서 장악하고 있던 자립적, 신분적인 담당자는 송두리째 수탈당하고, 이들을 대신하여 국가 스스로가 정점에 자리잡게 되었다는 것 등 이상의 사실만을 이 자리에서 확인하는 것으로 한정합시다.

목적의식에 의해 결성되어 인간단체 구성원의 의사표시와 무관한 순수하게 객관적인 사실(출생, 가문 등)에 기초하여 여기에 소속의 의무를 지는 것과 다른 한편으로, 그곳에서의 인간관계와 행위는 합리적 법질서에 의해 규율되며, 아울러 그 법질서의 준수가 강제장치(기관)에 의해 실효적으로 담보되어 있는 것. 정치단체로서의 '국가'는 이러한 안스탈트(Anstalt)의 전형이다.

이러한 정치적 수탈과정— 이 과정은 성과가 다를지라도 지상의 모든 나라에서 행했다— 속에서 제2의 의미로서 '직업정치가'가 군주에게 봉사한다는 형태로 등장했습니다. 그들은 앞에서 언급한 카리스마적 지도자와는 달리 자

---

7 베버는 다음 두 가지 특징을 가진 인간단체를 '안스탈트(Anstalt)'라고 부르고 있다.

기 스스로 지도자가 되려 하지는 않고 정치지배자에게 봉
사한 역사상 첫번째 '직업정치가'라 할 수 있습니다. 그들은
이 수탈을 둘러싼 투쟁 속에서 군주의 수족이 되어 움직였
으며, 군주의 정책을 수행하여 물질적인 생계를 꾸리고 다
른 한편으로 정신적인 내실을 얻었습니다.

특히 이런 종류의 '직업정치가'는 군주뿐만이 아니라 군
주 이외의 권력에 봉사한 경우도 있었습니다. 이러한 현상
또한 서양에서만 발견되는 것이기는 하나 어찌됐든 과거에
있어서 그들은 군주의 가장 중요한 권력기관이었으며 정치
적 수탈기관이었습니다.

'직업정치가'에 대한 상세한 설명을 하기 전에, 이런 종류
의 '직업정치가'라는 존재가 무엇을 의미하는지 모든 면에
서 분명히 밝혀두기로 하겠습니다. '정치'를 행하는 것— 즉
정치조직 상호간 또는 정치조직 내부의 권력 배분관계에
영향을 주려 하는 것— 은 '임시정치가'로서도 가능하며, 부
업적인 정치가나 전문정치가도 물론 가능하다고 하겠습니
다. 경제적 영리활동도 그 점에서는 전적으로 동일합니다.
우리들이 한 표를 행사하거나 이와 유사한 의사표시를 하
는 경우— 예를 들면 정치집회에서의 박수나 항의, 정치연
설 등— 우리들은 모두 '임시정치가'인 셈입니다. 그리고 대
부분의 사람들도 정치와의 상관관계는 이 정도로 한정되어

있습니다.

다음으로 '부업적 정치가'라는 것은 오늘날의 의미로 말하자면 정치단체의 사무장이나 간사 등에게서 흔히 볼 수 있는 형태로 일반적으로 부득이한 경우에만 정치활동을 하지만, 물질적으로나 정신적으로 정치에 가장 큰 비중을 두고 정치 때문에 살고 있다고는 말할 수 없는 사람입니다. 소집이 있고 나서야 비로소 움직이는 추밀원(樞密院) 고문관과 이와 유사한 자문기관의 구성원, 또 회기 중에만 정치활동을 하는 대다수의 독일 국회의원도 마찬가지입니다. 이들은 과거에는 특히 '등족(等族)' 속에서 볼 수 있었습니다. 여기서 '등족'은 군사적 운영수단과 행정적으로 중요한 물적 운영수단, 또는 인적 지배력을 자신이 비용을 부담하면서 소유하고 있던 사람을 가리키고 있습니다. 그들 대부분은 자신의 생활을 전적으로 정치에 바치기는커녕 적어도 우선적으로, 아니면 일시적인 관계 이상으로 정치에 관심을 갖는 일조차도 없었습니다. 오히려 그들은 지대의 징수와 돈벌이를 위해 자신의 지배권력을 이용하기까지 했으며, 정치단체를 위해 정치적으로 활동하는 것은 군주나 이와 동등한 신분으로부터 요청을 받았을 경우에만 한정된다고 하겠습니다. 군주가 자신의 정치조직을 창설하기 위해 투쟁하는 가운데 자기편으로 끌어들인 협력자의 일부도 그러했고, 궁정외고문관, 더 소급해서 원로원 등의 군주의 자문기관에 참석하는 고문관의 대부분도 이러한 성격을 가지고 있었습니다.

그러나 군주의 경우, 이들 임시 또는 부업적인 보조자만으로는 만족할 수 없었으며 자신에게만 전력 봉사하는 전문적인 보조자를 필요로 하게 되었습니다. 군주가 어디에서 이러한 관료을 얻는가는 왕조의 정치조직의 구조뿐만이 아니라 이 문화의 성격 전체에 매우 큰 영향을 주었습니다. 그런데 전문정치가를 구하고 있던 것은 군주만이 아니었습니다. 군주의 권력을 완전히 배제하거나 대폭 제한하고 스스로를 (소위)'자유로운' 정치적 공동체로서 구성한 정치단체 쪽에서도 역시 전문정치가를 필요로 했습니다. 여기서 '자유'라는 것은 폭력적인 지배를 일체 받지 않는다는 의미로서의 자유가 아닙니다. 전통적으로 정당시된(대개의 경우 종교적으로도 신성화되었다) 군주권력, 모든 권위의 유일한 원천인 군주권력의 지배를 받지 않는다는 의미로서의 자유를 말하는 것입니다. 역사적으로 볼 때 이 자유로운 공동체의 온상은 한결같이 서양에 국한되어 있으며 그 맹아는 지중해 문화권에서 먼저 출현한 정치단체로서의 도시였습니다.

어쨌든 이러한 여러 가지 경우를 통하여 '전문정치가'는 어떠한 상태에 처해 있었을까?

같은 정치를 직업으로 갖는다고 해도 길은 두 가지가 있다고 볼 수 있습니다. 정치를 '위해' 살아가는 것 아니면 정치에 '의해' 살아가는 것, 둘 중 어느 한 쪽입니다. 이 대립은 결코 양립할 수 없는 것은 아닙니다. 오히려 적어도 정신적으로는, 아니 대부분의 경우 물질적으로도 양쪽 모두의 생활방식을 취하는 것이 보통입니다. 결국 정치를 '위해' 살아가는 사람도 '정신적'인 의미에서는 '정치에 의해 살아가고 있는' 셈이기도 하고, 더욱이 그들은 자신이 행사하는 권력의 공공연한 소유 그 자체를 향수하든가, 아니면 자신은 어떤 '일'에 전념하고 있으므로 자신의 생활은 '의미'가 있다고 굳게 믿으면서 정신적인 균형과 자신감을 부추기든지 둘 중의 어느 한 쪽일 것입니다. 어떤 일을 위해 살고 있는 성실한 사람이라도 이처럼 정신적인 의미로는 일에 의해 살고 있을 것입니다.

따라서 '위하여'와 '의하여'의 구별은 사태의 가장 실질적인 측면, 즉 경제적인 측면과 관계가 있는 것입니다. 정치를 항상적인 '수입원'으로 삼으려는 자, 이것이 직업으로서의 정치에 '의해' 살아가는 자이며, 그렇지 않은 자는 정치를 '위해' 사는 자가 될 것입니다. 사람이 이처럼 경제적인 의미로 정치를 '위해' 살 수 있는 까닭은 지금의 사유재

산제도 아래에서는 약간의— 속된 표현으로 하자면— 전제
가 필요하다고 하겠습니다. 결국 본인이 경제적으로 정치
로부터 얻을 수 있는 수입에 의존하지 않아도 되는 것, 단
적으로 말해서 항산(恒産)이 있든지 아니면 사생활에서 충
분한 수입을 얻을 수 있는 지위에 있든지 어느 쪽이든 필요
합니다. 적어도 정상적인 상태에서는 그렇다고 하겠습니
다. 더욱이 무후(武侯)나 가두(街頭)의 혁명적 영웅의 추종자
가 되면 정상적인 경제조건 따위는 거의 안중에도 없게 됩
니다. 어느 것이든 전리품·약탈물·몰수·군세·무가치한 군
표의 강요에 의해 살아가기 때문입니다. 그러나 이것은 어
디까지나 예외적인 현상이며, 일상의 정상적인 경제 상태
에서는 자기의 재산만이 의지가 됩니다. 그러나 재산이 있
는 것만으로는 불충분하며, 그에 더하여 경제적으로 여유
가 있어서 수입을 얻기 위해 자신의 노동력과 사고의 전부
나 대부분을 끊임없이 움직이지 않아도 되는 것이 필요할
것입니다.

　이 같은 의미로 무조건 여유가 있는 사람은 이자 생활자,
즉 순수한 불로소득자입니다. 이 불로소득은 옛날의 영주
와 지금의 대지주·귀족처럼 지대에서 얻어지는 것도 있고,
(고대와 중세에는 노예와 농노의 공납도 있었다) 유가증권이나 이와
유사한 근대적 이자 수입원에서 얻는 것도 있습니다. 노동

자 뿐만 아니라 대단히 주목할 만한 것으로서 기업가도, 그리고 근대적인 대기업가의 경우에는 특히 이런 의미의 여유는 없다고 하겠습니다. 기업가에게 특히 여유가 없는 까닭은 그들이 경영에 묶여 있기 때문입니다. 게다가 그 속박의 정도는 농업의 계절성을 고려한다면 농업 기업가보다 상공업 관계의 기업가 쪽이 한층 더 심각하며 단기간 동안 다른 사람에게 일을 떠맡기는 것조차도 거의 불가능합니다. 의사의 경우도 마찬가지인데 이름이 알려져 번창하기 시작하면 거의 의사를 대신해서 진찰을 할 수 없게 됩니다. 그에 비해 변호사의 경우 경영 기술적인 이유로 간단히 일을 대행시킬 수 있습니다. 그 때문에 직업정치가로서도 단연 크고 압도적인 역할을 여러 차례 맡아왔습니다. 이러한 분류는 더 이상 그만두고 약간의 결론을 명백히 해두기로 합시다.

　국가와 정당의 지도가(경제적인 의미로) 정치에 의한 것이 아니라 오로지 정치를 위해 살아가는 사람에 의해 행해지는 경우, 정치 지도자층의 보충은 아무래도 '금권제적'으로 행해지게 됩니다. 그렇다고 해서 물론 이와 반대되는 현상도 성립된다는 말은 아닙니다. 요컨대 이러한 금권제적인 지도의 경우 정치적 지배자층은 정치에 '의해' 살아가려고 하지는 않습니다. 이는 자신의 정치지배를 보통 자기 개인의 사적 경제이익을 위해 이용하지 않는다는 의미는 결코 아닙니다. 우선 그런 일을 전혀 하지 않는 계층은 지금까지 존재하지 않았습니다. 내가 말하고 있는 것은 재력가인 직업정치가라면 자신의 정치상의 일에 '대한' 보수를 직접 요구하지 않아도 되지만, 재산이 없다면 응하든 거부하든 보수를 요구하지 않을 수 없다는 단지 그런 정도의 의미입니다. 그렇다고 해서 역으로, 정치가에게 재산이 없으면 오로지— 혹은 주로— 정치에 의해 자신의 생계를 꾸려나갈 생각만 하고 '일'에 대한 것은 전혀 또는 그다지 생각하지 않는다는 의미는 아닙니다. 이만큼 틀린 견해는 없을 것입니다. 경험적으로 말해서, 자산가의 경우에는 자기 생활의 경제적 '안전'에 대한 배려가— 의식적·무의식적으로— 생활 전체의 방향을 결정하는 주안점이 된다고 할 수 있습니다. 정치에 있어서 외곬으로 무조건적인 이상주의자는 자산이 없는 까닭에 그 사회의 경제질서의 유지(에 이해관계를 가진 그룹)의 외부에 위치한 계층이라고 단정적으로 말할 수는 없어도, 적어도 주로 그 계층이라고 볼 수 있습니다. 이상한 시기, 특히 혁명기에는 그렇다고 볼 수 있습니다.

결국 내가 말하고 싶은 것은 정치관계자, 즉 지도자와 그 부하가 금권제가 '아닌' 방법으로 보충되기 위해서는, 정치에 종사한다는 사실 때문에 그 사람이 정기적이면서도 확실한 수입을 얻을 수 있다는 자명한 전제가 필요합니다.

정치가 '명예직'으로서 행해진다는 것은 정치가 이른바 누구의 신세도 지지 않는 사람인 자산가, 특히 이자생활자에 의해 행해진다는 것이지만, 다른 한편 무산자에 의한 정치도 가능하게 하기 위해서는 정치로부터 '보수'를 얻을 수 있어야 합니다. 정치에 의해 생활하는 직업정치가는 순수한 봉록 보유자이기도 하고 유급의 관리이기도 합니다. 전자는 일정한 일에 대한 사례와 수수료의 형태로 수입을 얻고 있는 경우이고(팁과 뇌물은 이런 종류의 수입 중에서 불규칙적이고 형식적으로는 비합법적인 변형에 지나지 않다) 후자는 고정적인 현물급여나 봉급, 또는 양쪽 모두를 얻고 있는 경우라 할 수 있습니다.

정치에 의해 생활하는 직업정치가는 또 한 '기업가'적인 성격을 띠고 있습니다. 옛날의 용병대장과 관직의 임차인·매수인, 혹은 미국의 '보스' 등이 그러한데, 이 '보스'는 자신의 지출을 일종의 투자로 생각하며, 자신의 세력을 이용하여 수익을 올린다고 할 수 있습니다. 또한 직업정치가는 편집자와 정당서기, 근대의 각료와 정치관리처럼 고정급을 받는 경우도 있습니다. 과거의 군주, 정복자, 성공한 당수는 부하에게 봉읍·토지의 증여·각종 봉록을 보수로 주었으며, 화폐경제의 발달에 따라 특히 부수입이 전형적인 보수로 되었습니다. 그러나 오늘날 정당 지도자가 충실한 봉사에 대해 지급하는 보수는 정당·신문사·협동조합·의료보험 조합·지방단체·국가에 있어서의 지위에 대한 수당입니다.

정당간의 '모든' 투쟁은 본질적인 목표를 둘러싼 투쟁일 뿐만 아니라 관직 임명권을 둘러싼 투쟁이기도 합니다. 독일에서 볼 수 있는 지방분권운동과 중앙집권운동 간의 투쟁도 그 핵심은 다분히 어느 세력이— 베를린 인 또는 뮌헨 인, 카를스루에 인, 드레스 인 중에 누가— 관직 임명권을 장악하는가를 둘러싸고 벌어지고 있습니다. 관직을 향한 경쟁에서 뒤진다는 것은 정당에 있어서 본질적인 목표에서 벗어나는 행동을 취하는 것보다 더욱 커다란 타격일 것입니다. 프랑스에서 정당정치에 따른 지사의 경질은 정부의 정책강령— 이러한 강령에는 순전히 작문적인 의미밖에 없다— 의 변경보다도 더욱 중대한 변혁으로 받아들여져 항상 크나큰 소동을 일으켜왔습니다. 많은 정당, 특히 미국의 정당은 헌법 해석을 둘러싼 해묵은 대립이 해소된 뒤에도 순전히 엽관정당이 되어 표를 긁어모을 기회에 따라 실질적인 강령을 변경하였습니다. 스페인에서는 최근까지도 위로부터 각본이 짜여진 '선거'의 형태로 양대 정당이 관습상 정해진 차례에 따라서 번갈아 정권을 잡고 부하들에게 관직을 할당해왔습니다. 스페인의 식민지에 있어서 정당간의 투쟁은, 그것이 소위 '혁명'이든 아니면 '선거'든, 요컨대 그곳에서의 궁극적인 목적이 국가라고 하는 '쌀통'임에는 변함이 없고 이긴 쪽이 밥을 차지하게 된다는 것입니다.

스위스의 정당은 비례배분의 방법을 이용해 평화적으로 관직을 분배하고 있는데, 독일의 '혁명적'인 헌법초안, 예를 들면 바덴 주의 제1차 초안 등은 이러한 스위스 방식을 각료 차원에까지 확대하려던 것으로서, 국가와 관직을 급여 기관으로 취급했던 초안이었습니다. 이런 방식에 특히 열심이었던 당은 카톨릭중앙당이었으며, 바덴 주에서는 능력을 제외하고 의도적으로 종파에 따른 관직의 비례배분을 강령의 하나로 삼았을 정도였습니다. 관리제도의 보급에 따라 관직의 수가 늘고 생활면에서도 특히 안정된 직위의 관리를 희망하는 사람들이 늘어나자 모든 정당에서 이러한 경향이 현저해지고, 정당은 점차로 그 당원에게 있어서 생계를 세운다는 목적을 위한 수단이 되어갔습니다.

그런데 이러한 경향과 대립되는 것이 근대적인 관리제도의 발달입니다. 장기간에 걸친 준비교육에 의해 숙련공으로서 전문적으로 단련되고 고도의 정신노동자가 된 '근대적 관리'는 다른 한편으로 청렴과 정직의 증거로서 자기 스스로 키운 상당한 신분적 우월감을 갖게 되었습니다. 만일 그들에게 이런 우월감이 없었다면 가공할 만한 부패와

악취를 풍기는 속물근성의 위험이 운명적으로 우리들의 머리 위를 짓누르고, 아울러 국가기구의 순수한 기술적 능률성(경제에 대한 이 같은 국가기구의 중요성은 특히 사회화의 진전에 따라 끊임없이 높아지고 이후에도 더욱더 높아질 것이다)까지도 위협받게 될지도 모릅니다. 미국에서는 엽관정치가의 아마추어 행정 때문에 아래로는 우편배달부에 이르기까지 수십만의 관리가 대통령 선거의 결과에 따라 바뀌어버리고, 종신전문 관리도 존재하지 않았습니다. 그러나 이같은 상태는 '공무원제도 개정법(Civil Service Reform)[8]에 따라 오래 전부터 통용되지 않게 되었습니다. 이러한 발전은 순수한 기술적인 행정에 대한 불가피한 요청에 의한 것입니다. 유럽에서의 분업적 전문관리제도는 500년이라는 세월을 걸쳐 서서히 성립된 것입니다. 그리고 그 단서는 이탈리아의 도시국가와 그곳에서의 시뇨리아제(Signorien)[9]이며, 왕정에서는 노

---

8 미국에서는 1883년의 이른바 '펜들턴 법' 이후 종래의 엽관제(Spoil System)를 수정하고, 실적주의(Merit System), 즉 공개경쟁시험에 의한 선발방식이 채택되었다.

9 12세기경부터 북부 및 중부 이탈리아에서 도시 코뮌(도시 자치공동체)은 유형적으로 볼 때 콘소리제 단계— 포데스터제— 카피타노ㆍ델ㆍ포포로제 단계를 거쳐 13세기 말경부터 문벌독재 시대, 즉 시뇨리아제에 도달하고, 이윽고 이들 문벌이 세습적 전제군주로 전화됨으로써 코뮌 시대는 종말을 고하는데, 이 코뮌의 문벌독재 시대의 지배자를 시뇨레라고 불렀다. 그들은 명문 출신이기는 하나 세습군주는 아니며, 형식적으로는 시민으로 구성된 여

르만 인의 정복국가가 최초였다고 할 수 있습니다.

이와 같은 근대적 관리제도의 진전을 결정적으로 촉진한 것은 무엇보다도 제후의 '재정문제'였습니다. 이들로부터 재정적 실권을 빼앗는 것이 관리에게 있어서 얼마나 곤란했는가는 막시밀리안제(Maximilian)[10]의 행정개혁 하나만 보더라도 충분히 알 수 있을 것입니다. 극도의 궁핍과 터키인의 지배라는 중압 아래 있으면서, 게다가 재정이 지배자(당시는 기사가 중심이었다)의 딜레탄티즘(Dilettantism)과 가장 조화하기 어려운 영역이었음에도 불구하고 개혁사업은 무척 어렵게 진행되었습니다. 한편, 전쟁기술의 발달은 전문 장교를, 소송절차의 정비는 전문 법률가를 탄생시키게 되었습니다. 전문관리제도가 이상의 세 가지 영역에서 결정적인 승리를 거둔 것은 선진국의 경우에도 16세기에 접어들면서부터라고 할 수 있습니다.

그리하여 등족에 대한 군주 절대주의의 대두와 동시에 군주의 친정은 서서히 후퇴하고, 전문관리 — 그들의 도움으로 비로소 등족에 대한 군주의 승리도 가능해졌다— 중

러 자치기관도 여전히 존재했고, 코뮌의 '외관' 정도는 유지되고 있었다.

10 신성로마 황제(재위 1459~1519), 목전에 임박한 터키 인의 침입의 위험에 직면하여 제국의 개조, 특히 행정개혁에 착수. 교회와의 관계에 있어서는, 스스로 교황이 되어 제국과 교회와의 일체화를 실현하려는 갖가지 계획을 시도했으나 야곱 등의 재정 원조를 얻지 못해 실패했다.

심의 지배가 시작된 것입니다.

그런데 전문훈련을 받은 이 관리단의 대두와 때를 같이 하여— 별로 눈에 띄지 않는 과정을 거치면서 '지도형 정치가'도 등장하기 시작했습니다. 물론 군주에 대해 실제로 커다란 발언권을 가진 조언자는 옛날부터 어디에든 존재했습니다. 오리엔트에서는 될 수 있는 대로 술탄(Sultan)에게 통치 결과에 대한 개인적 책임을 지지 않게 하기 위해 '대재상(大宰相)'이라는 독특한 형태의 정치가가 만들어졌습니다. 서양에서는 카를 5세 때, 즉 마키아벨리 시대가 되자 당시 외교전문가 사이에 열심히 탐독되었던 〈베네치아 공사관 보고〉의 영향으로 외교가 처음으로 외교술로서 '의식적'으로 연구되기 시작했고, 이를 습득한 달인들은(대개는 인문주의적 교양인) 최후의 분국시대(신해혁명 이전)에 중국의 인문주의적 정치가와 마찬가지로 비법에 정통한 동료로서 서로간에 인정해주었습니다.

한 사람의 정치지도자가 내정을 포함한 '일체'의 정치를 일정한 틀 위에서 통일적으로 지도하는 것이 필요했으며, 아울러 이를 피할 수 없게 된 것은 입헌정치가 발달한 이후의 일이었습니다. 물론 그 이전에도 이 같은 거물급 정치가가 개인적인 자격으로 군주의 상담에 응하거나 실질적으로는 오히려 군주를 조종하는 나침반으로서 활약했던 예가 얼마든지 있습니다. 그러나 가장 앞선 나라들도 관청조직 쪽은 당시에는 별도의 길을 걷고 있었습니다. 맨 처음 등장한 것이 '합의제'를 취하는 최고 행정관청입니다. 합의제는 이론적으로는 물론 실제로도— 실제적으로는 점점 명목화되어 간 셈이지만— 군주가 참여한 자리에서 열리고, 군주 개인이 최후의 결정을 내리게 되어 있었습니다. 날이 갈수록 비전문가의 위치로 떨어져간 군주는 한편으로는 합의제를 이용하고(합의제에서는 출석자에게 여러 가지 의견과 반대의견을 진술케 하고, 최후로 다수파와 소수파 양쪽에 제각기 이유를 첨부하여 투표에 부치게 했다) 다른 한편으로 공식적인 최고 관청과는 별도로 오로지 개인적인 심복(당시의 이른바 '내각')을 측근에 두고 그들의 조언으로 추밀원(명칭이야 어찌됐든 요컨대 국가의 최고 관청)의 결의에 대해 결재를 내려서 불가피하게 중대하는 전문적 훈련에 대한 관료들의 압력으로부터 피하고, 최고 지도권을 수중에서 놓치지 않으려 했습니다. 이러한 전문 관료와 군주 친정 사이의 잠재적인 투쟁은 도처에서 행해졌습니다.

　이런 상황은 의회와 이를 후퇴시킨 정당 지도자의 권력을 향한 야망에 직면하여 비로소 변해갔습니다. 이 경우 결과는 언뜻 볼 때 동일한 것 같아도, (물론 다소의 차이는 있었다) 그 결과를 이끌 원래의 조건은 나라에 따라 가지각색이었습니다. 특히 독일처럼 왕실이 시종일관 실권을 장악했던 곳에서는 군주의 이해와 관료의 이해가 이 시점에서 군게 결탁하여, 의회를 향해 그 권력 요구에 대해 일치해서 '대항'했습니다. 관료는 대신직과 같은 요직까지 자기들의 동료로 채우고 이런 자리가 관리 승진의 대상이 되는 것을 원했고, 군주도 자신의 독단적인 판단으로 충실한 관료 중에서 대신을 임명할 수 있기를 원하고 있었습니다.

그러나 양쪽의 이해는 정치 지도부가 일치단결해서 의회에 대항하고, 합의제를 대신하여 통일적인 내각의 수반을 둔다는 점에서는 일치했습니다. 게다가 군주는 순 형식적인 의미로서 정당간의 투쟁에 말려들지 않고 정당의 공격으로부터 벗어나기 위해서 자신을 감싸고 대신 책임을 져줄 개인, 요컨대 의회에 대하여 답변을 하거나 반대하고 정당과의 교섭에도 대신 나서줄 최고 책임자를 강력히 희망하고 있었습니다. 그리하여 이러한 이해관계가 결집되고 동일한 방향으로 움직여서 통일적으로 지도하는 관료대신의 탄생을 이룩하게 되었습니다.

그런데 영국처럼 의회의 권력이 국왕을 능가했던 곳에서는 의회권력의 강화라는 형태로 정치지도의 통일화 방향이 보다 강력하게 나타났습니다. 즉 의회를 대표하는 최고 지도자, 요컨대 '리더'를 정점으로 하는 '내각'이 발달해갔던 것입니다. 이 내각은 그때 그때의 다수를 장악한 정당— 법률로써 공식적인 인정을 받은 것은 아니지만 사실상 다수당이 유일하고 결정적인 정치권력이었다— 의 위원회와 같은 것이었습니다. 영국에서 관제상의 합의체(추밀원 등) 그 자체는 정당이라는 현실의 지배권력에 예속된 기관은 아니었으며 현실의 통치 담당자일 수도 없었습니다. 오히려 여당 쪽에서는 대내적으로는 권력을 주장하고 대외적으로는 강력한 정책을 추진할 수 있는 당내의 실력자만으로 구성되고 내부인들만의 상담이 가능한 강력한 기관인 내각을 필요로 했던 것이며, 국민들, 특히 국민을 대표하는 의회와의 관계에서도 내각의 모든 결정에 관해 책임을 지는 한 사람의 지도자인 수상을 필요로 하게 되었습니다.

이러한 영국의 제도는 그후 의원내각제라는 형태로 대륙에 채용되었으나 미국과 그 영향을 받은 민주제 국가에서는 영국의 제도와 전혀 이질적인 제도— 국민의 직접투표에 의해 선출된 다수당의 지도자(대통령)가 자신이 임명하는 행정기구의 정점에 서서 예산과 입법을 제외하고 의회의 동의에 구속되지 않는— 가 채용되었습니다.

정치가 '경영'으로 발전하고 근대 정당제 아래에서 행해진 것과 같은 권력투쟁과 그 방법에 있어서 훈련이 필요해지자 공무원은 전문관리와 '정치적 관리'로 나누어지게 되었습니다— 이 구별은 결코 엄격한 것은 아니지만 명백히 별개의 범주에 속한다고 하겠습니다.

본래 '정치적 관리'는 이동·파면·휴직이 언제라도, 그리고 임의로 행해진다는 점에서 외부로부터 구별됩니다. 프랑스의 지사와 이와 비슷한 다른 나라의 관리가 이에 해당하는데, 사법관계 관리의 '독립성'과 두드러진 대조를 이루고 있습니다. 영국에서는 의회의 다수당이 교체되고 그에 따라 내각이 경질될 때마다 엄격한 관례에 따라 사임하는 관리가 나오는데 이것이 정치적 관리입니다. 특히 일반 '내무행정'에 대한 전체 관할권을 가진 관리가 이에 해당합니다. 그리고 그들의 권한은 무엇보다도 국내 질서의 유지, 즉 현존 지배관계의 유지를 임무로 하고 있다는 점에서 '정치적' 요소를 포함하고 있습니다. 프로이센에서는 이런 종류의 관리에 대한 처분을 피하기 위해 '푸트카머의 고시(告示)'에 따라 관리에게 '정부정책의 지지'를 의무로 하고, 프랑스의 지사처럼 선거 간섭을 위한 '정부의 도구'로서 이용하였습니다. 독일의 제도에서는— 다른 나라와 달리— 정치적 관리도 대개 대학교육, 전문시험, 일정한 견습근무가 취임조건이 되었으며, 그 점에서는 다른 모든 관리와 동일한 성격을 가지고 있었습니다. 독일에서는 정치기구의 책임자인 대신만이 이같은 근대적 전문관리제도의 특징을 필요로 하

는 것이 아닙니다. 이미 구제도하의 프로이센에서 문부대
신은 대학교육을 전혀 받지 않았어도 상관없었으나, 중앙
부처의 수석 참사관은 원칙적으로 소정의 시험에 합격해야
만 했습니다. 물론 전문훈련을 받은 국장과 참사관 쪽이—
예를 들면 알트호프(Friedrich Althoff, 1839~1909)[11] 시대의 프
로이센 문부성처럼— 자신의 전문분야의 기술적 문제에 대
해서는 대신과 비교가 안 될 정도로 정통해 있었으며 그 점
은 영국도 마찬가지였다고 할 수 있습니다. 때문에 그들은
일상적인 문제에 대해서는 대신보다 더 실권이 있었고, 이
런 사실은 결코 이치에 맞지 않는 것은 아니라 하겠습니다.
대신이라는 존재는 어디까지나 정치적 권력의 대표자입니
다. 정치적 권력기관을 대표하고, 부하인 전문관료의 제안
을 검토하며, 그들에게 적당한 정치적 지시를 내리는 것이
대신의 임무였습니다.

　민간의 경제 경영에서도 사정은 전적으로 동일하다고
할 수 있습니다. 정치에 있어서 '국민'에 해당하는 '주권자'
는 여기서 '주주총회'가 되는데, 경영의 실제면에서는 전문
관료의 통치를 받는 국민들처럼 무력한 존재입니다. 마찬

11　25년 동안(1882~1907) 프로이센 문부성 대학 학술국의 참사관·국장으로서
　　대학행정 전반에 걸쳐 강력한 발언권을 갖고 군림했다. 이것이 이른바 '알
　　트호프 체제'다.

가지로 경영정책을 움직이는 '중역회(重役會)' 역시 은행에 머리를 숙이고 있으므로 업무상 지시를 내린다거나 경영의 실무담당자를 선발하는 것 이외에는 기술적인 면에서 경영을 관리할 힘은 갖고 있지 않습니다. 오늘날 혁명국가의 구조도 이러한 점에서는 근본적으로 어떠한 변혁도 가져온 것이 없다고 하겠습니다. 혁명국가에서는 전적으로 문외한들이 기관총을 가진 덕분에 행정권까지 장악했지만, 그들도 어차피 명령집행의 두뇌와 수족으로서 내심으로는 전문적으로 훈련받은 관료들을 이용하려는 것에 지나지 않기 때문입니다. 현대 제도의 난점은 이것과는 다르다고 할 수 있지만 이 문제에 대해서는 언급하지 않기로 하겠습니다.

오히려 오늘은 '지도자'와 그 부하 양쪽을 포함한 직업정치가의 전형적인 특징을 주제로 삼고 있는 것입니다. 물론 이 문제는 지금까지도 상당히 변모해왔으며 오늘날에도 각양각색이라고 하겠습니다.

조금 전에도 말한 것처럼 과거의 '직업정치가'는 군주와 등족과의 투쟁 속에서 군주에게 봉사하며 성장해 왔습니다. 그 주요한 형태를 간단히 살펴보기로 하겠습니다.

군주가 등족에게 대항하면서 원했던 것은 정치적으로 이용할 수 있는 계층으로 신분질서에 별로 구애받지 않는 특수계층이었습니다. 그러한 계층의 제일 첫번째는 성직자로 인도의 반도지역, 인도차이나, 불교국인 중국과 일본, 라마교의 몽고, 중세 기독교 지역 등이 모두 동일한 형태로 존재합니다. 그들에게 기술적으로 읽고 쓸 수 있는 능력이 있다는 점 때문이라고 할 수 있습니다. 황제와 군주, 칸에게 있어서 읽고 쓸 수 있는 행정에 적합한 인물을 얻는다는 것은 귀족과의 투쟁에 도움이 됐기 때문에 어느 곳에서나 바라문[12]·불승·라마승이 초빙되었고, 사교(司教)와 사제(司祭)가 정치고문으로서 이용되었습니다. 성직자, 특히 독신의 성직자는 봉건시대의 봉신과 달리 통상적인 정치·경제상의 이해관계에 초연했으며, 자손을 위해 군주에게 대항하고 자기 스스로의 권력을 추구하는 일이 없었으며 그들의 신분적 성격상 군주의 행정운영 수단에서 분리되어 있었습니다.

이러한 계층 중에 두번째는 인문주의적 교양을 몸에 지닌 문인(독서인)이라고 할 수 있습니다. 한때는 군주의 정치고문이나 특히 정치문서의 기초자가 되려고 사람들이 라틴어 연설과 그리스어 시작(詩作)을 배웠던 시대가 있었습니다. 이 시대는 인문학원과 왕실의 시학 강의소가 처음으로 번창했던 시대입니다. 그러한 시대가 독일에도 있었으

---

12 인도의 카스트제도에서 가장 높은 지위의 성직자층.

나 그 시기는 아주 짧았고 교육제도에 끼친 영향은 뒷날까지도 남았지만 정치적인 영향은 물론 미미했습니다. 그러나 동아시아에서는 달랐다는 것을 알 수 있습니다. 중국의 '관인(官人)'의 경우는 원래 서양 르네상스 시대의 인문주의자와 비슷한 존재로서 고전에 대해 인문주의적 훈련을 받고 시험(과거)에 의해 등용된 독서인입니다. 여러분들이 이홍장(李鴻章)의 일기를 읽을 수 있다면, 그처럼 위대한 정치가도 자신이 시를 쓸 수 있고 뛰어난 서예가였다는 점을 대단히 자랑스럽게 여기고 있다는 것을 알게 될 것입니다. 중국의 모든 운명은 중국 고대에 발달했던 관습을 체득한 이러한 계층에 의해 결정되었습니다. 당시의 서양 인문주의자들에게 이와 비슷한 입신출세의 기회가 조금이라도 주어졌다면 우리들도 중국과 비슷한 운명이 되었을지도 모르겠습니다.

세번째 계층은 궁정귀족이었습니다. 군주는 귀족의 신분적·정치적인 권력의 박탈에 일단 성공하자 귀족을 궁정에서 고용하여 정치·외교상의 업무를 맡게 했습니다. 17세기에 들어 독일의 교육제도가 대폭 바뀐 원인 중의 하나는 지금까지의 인문주의적 문인을 대신하여 궁정귀족인 직업정치가가 군주에게 봉사하게 되었다는 사실에서 찾을 수가 있습니다.

네번째는 영국 특유의 것으로서 소귀족과 도시 거주의 이자생활자를 포함한 도시귀족으로 이들은 전문용어로 '젠트리(Gentry)'라고 부릅니다. 이 계층은 원래 국왕이 지방 호족과의 대립에서 자기 편으로 끌어들여 '자치정부'의 관직에 취임시킨 것으로서, 나중에는 국왕이 더욱더 이 계층에 의존하게 되었습니다. 그들은 사회세력을 신장시키기 위해 지방의 행정관직을 무상으로 인수한 후 결국 그 모든 것을 독점하고 전 유럽국가의 운명이 된 관료제화로부터 영국을 지키는 요새의 역할을 하였습니다.

다섯번째 계층은 대학에서 공부한 법률가입니다. 이들은 서양, 특히 유럽 대륙의 고유한 것으로서, 대륙의 정치구조 전체에 있어서 결정적인 의미를 지니고 있습니다. 관료주의적인 로마 후기에 수정된 로마법이 후세에 끼친 영향은 압도적으로 컸습니다. 합리적 국가로의 발전이라는 의미에 있어서 정치 경영의 혁명화를 담당한 계층이 이 학식 있는 법률가였다는 사실에서 그들의 영향은 절대적이었다는 것을 알 수 있습니다. 이 점은 영국도 예외는 아니며, 단지 그곳에서는 강대하고 국수주의적인 법률가 길드에 의해 로마법의 계승 자체는 저지되었습니다. 어떤 법체계가 가진 영향력의 크기라는 점에서 이에 필적할 만한 예는 지상의 어느 지역에서도 찾아볼 수가 없습니다. 인도의 '미맘

사 학파'에는 합리적인 법학적 사유의 맹아가 상당히 있었으며, 이슬람교에도 고대의 법학적 사유의 계승과 발전을 엿볼 수 있지만, 신학적 사유형식에 의한 합리적인 법사상의 만연을 방해할 수 없었습니다. 특히 소송절차가 충분히 합리화되지 않았습니다. 고대 로마의 법률학은 도시국가에서 세계제국으로 뻗어나갔던 전적으로 독창적인 정치조직의 소산이지만 이러한 고대 로마의 법률학이 이탈리아의 법률가에게 계승되고 중세 후기의 로마법 주석학자와 교회법학자의 손에서 이른바 '현대적 관용'이 시도된 다음, 법학적 및 기독교적 사관에서 나온 자연법론이 세속화됨에 따라 이와 같은 합리적 법사상이 실현되었습니다.

　법학적 합리주의의 위대한 대표자로서는 이탈리아의 포데스터(Podesta)[13], 프랑스의 왕실법률가, 공회의 수위주의 (公會義 首位主義, Konzilianismus)[14]의 입장에 선 교회법학자와 자연법적신학자, 대륙의 군주에게 봉사했던 궁정법률가와

13　13세기 전반기가 전성기로서, 이탈리아의 도시 코뮌(도시 자치공동체)에서 세력을 떨친 법률가적 전문 고급관료. '수호직'으로 번역될 때도 있다. 포데스터는 당해 도시와 전혀 무관한 다른 도시 출신자이어야 하며, 단기간만 그 도시에 초빙되어 최고재판권을 담당하는 것이 보통이었다. 법의 합리화와 로마법의 보급에 공헌했다.

14　카톨릭 사교의 종교회의(공회의) 결정이 로마 교회내의 최고 의사로서 교황까지도 구속한다는 이론.

학식 있는 사법관, 네덜란드의 자연법학자와 폭군 방벌론자(暴君方伐論者), 영국의 왕실파와 의회파의 법률가, 프랑스 고등법원의 법복귀족, 그리고 마지막으로 프랑스 혁명기의 변호사 등을 들 수 있습니다.

이 법학적 합리주의를 제외하면 절대주의 국가의 성립과 혁명도 생각할 수가 없을 것입니다. 여러분들이 16세기에서 1789년에 이르는 프랑스 고등법원의 항변서(抗辯書)와 프랑스 삼부회의 건백서(健白書)에 주목한다면 여러 곳에서 이 법률가 정신을 발견할 수 있을 것입니다. 또 여러분들이 프랑스 국민공회의 구성원을 직업별로 조사해보면 평등선거에 의해 선출됐는데도 프롤레타리아는 단지 한 명뿐이고, 부르주아 기업가도 극히 적으며 각종 법률가가 다수를 차지하고 있다는 사실을 알게 될 것입니다. 이들 법률가 없이는 당시의 급진적 지식인과 그들의 계획에 생명을 불어넣었던 독특한 정신도 생각할 수 없었음에 틀림없을 것입니다. 근대적인 변호사와 민주제는 이때 이후 완전히 결합하게 됩니다.

여기서 우리들이 말하는 변호사, 즉 독립적 신분을 가진 변호사는 서양에만 존재하는데 이들은 중세 이래 소송 합리화의 영향으로 발달했던 게르만의 형식주의적 소송절차에 있어서 '대변인'으로부터 성장했던 것입니다.

정당이 등장한 이후 서양의 정치에서 변호사가 중요한 의미를 가졌던 것은 결코 우연이 아닐 것입니다. 정당에 의한 정치의 운영은 간단히 말해서 이해관계자가 정치를 운영한다는 것입니다. 그리고 '사건'을 이해관계자에게 유리하도록 처리한다는 것은 확실히 베테랑 변호사의 솜씨일 것입니다. 그런 점에서 변호사는— 저 교묘했던(전시 중) 적국의 프로퍼갠더(Propaganda, 정의활동)가 우리들에게 가르쳐준 것처럼— 어떠한 '관리'보다도 우수하다고 할 수 있습니다. 확실히 변호사는 논리적 근거가 약한 불리한 사건이라도 이를 유리하게, 즉 기술적으로 훌륭하게 처리할 수가 있지만, 다른 한편으로 논리적 근거가 탄탄한, 유리한 사건을 틀림없이 유리하게, 즉 기술적으로 훌륭하게 처리할 수 있는 것도 변호사밖에 없습니다. 관료에게 정치가가 할 일을 시키면 논리적 근거가 유리한 사건이라도 기술적인 처리가 서툴러서 불리한 사건으로 만들어버리는 경우가 종종 있습니다. 우리들은 이 같은 예를 지금까지 수없이 체험해왔습니다.

그 이유를 생각해보면, 오늘날 정치의 대부분은 공개된 장소에서 구두 또는 문서로, 즉 언어라는 수단을 이용하는데, 이 언어의 효과를 계산하는 것이야말로 변호사 본래의 업무의 일부이며, 전문관리의 영역에는 없는 것이기 때문입니다. 전문관리는 선동정치가가 아니며 본래의 목적에서 볼 때도 선동정치가여서는 안 될 것입니다. 관리가 섣불리 선동정치가가 되려는 생각 따위를 품는다면 기껏해야 졸렬하기 짝이 없는 선동정치가가 될 수 있을 뿐입니다.

진정한 관리는— 독일의 이전의 정치체제를 평가하는 경우, 다음의 내용은 아주 중요한 것으로— 그 본래의 직분으로 볼 때 정치를 해야 하는 것이 아니라 '행정'을— 그것도 '비당파적'으로— 해야 합니다. 이 비당파적 행정의 원칙은 '국가이성', 즉 현존 지배체제의 사활이 걸린 이익이 특별히 문제가 된 경우는 다르지만 적어도 원칙적으로 소위 '정치적' 행정관에 대해서도 해당됩니다. 관리인 이상 '분노도, 편견도 없이' 직무를 집행해야 하는 것입니다. '투쟁'은 지도자든 그 부하든 정치가라면 부단히 그리고 필연적으로 행하지 않을 수 없습니다. 그러나 관리는 여기에 휘말려서는 안 되는 것입니다. 당파성, 투쟁, 격정 등의 분노와 편견 등은 정치가의, 특히 정치 지도자의 요소이기 때문입니다. '정치 지도자'의 행위는 관리와는 전혀 별개인 정반대의 '책임' 원칙이 지배합니다. 관리는 자신의 의견제시에도 불구하고 관청이 부당하다고 생각되는 명령을 고집하는 경우, 이를 명령자의 책임 아래 성실히 그리고 정확하게, 마치 그 명령이 자신의 신념과도 합치되는 듯이 집행할 수 있는 것이 명예로운 일입니다. 이와 같은 최고 의미의 윤리적 규율과 자기부정이 없다면 전체 기구가 무너져버리게 될 것입니다. 이와는 반대로 정치 지도자, 즉 국정 지도자의 명예는 자기 행위의 책임을 '자신이 홀로' 지는 데에 있으며, 이 책임을 거부한다거나 전가할 수 없으며 이는 용납되지도 않습니다. 관리로서 윤리적으로 뛰어나다고 생각하는 사람은 정치가로는 적합하지 않으며, 특히 정치적인 의미에서 무책임한 인간이며, 도덕적으로 열등한 정치가입니다. 이러한 인간이— 유감스럽게도 우리 독일처럼— 지도적 지위에 오래도록 있는 상태, 이것을 '관료정치'라고 부르는 것입니다. 지금 우리들이 결과에 주목하여 그 정치적 흠결을 폭로했다고 해서 독일 관리제도의 명예를 실추시킨 것은 결코 아닙니다. 그러면 이 정도에서 다시 화제를 정치적 인물의 유형 문제로 되돌아갑시다.

입헌국가, 특히 민주제가 성립된 이래 '민중정치가(민중정치가)'가 서양에서는 정치 지도자의 전형이 되었습니다. 이 '데마고그'라는 말에는 항상 뒷맛이 개운치 않은 뉘앙스가 따라다니는데 이 명칭으로 불리운 최초의 인물이 클레온이 아니고 페리클레스였다는 사실을 잊어서는 안 될 것입니다. 페리클레스는 관직을 갖지 않았고, 때로는 최고 사령관직에 있으면서(이 최고 사령관은 고대 민주제에서 유일하게 선거를 통해 얻은 관직이며, 관직은 일반적으로 추첨에 의한 임명이었다) 아테네 시민의 최고 민회를 지도했습니다. 현대의 민중지도에서도 역시 연설이 이용되고 있으며 후보자로서 반드시 해야 하는 선거연설까지 고려한다면 그 양은 실로 대단한 것이 될 것입니다. 그러나 효과라는 점에서 볼 때 보다 영속적인 것은 인쇄된 문자일 것입니다. 정치평론가 특히 '저널리스트'는 오늘날 이런 종류의 인간 중에서 가장 중요한 대표자입니다.

근대의 정치적 저널리즘의 사회학을 대충 살펴보는 것만으로도 오늘의 강연으로는 도저히 불가능하며, 최소한 독립된 하나의 장이 필요합니다. 그렇다고 해서 여기서 약간이라도 언급하지 않을 수는 없습니다. 저널리스트는— 데마고그와 변호사 및 예술가도 마찬가지이며, 사정이 전혀 다른 영국과 이전의 프로이센을 제외하고 적어도 대륙에서는— 고정된 사회계층의 구분 속에 넣을 수 없다는 운명을 가지고 있습니다. 결국 저널리스트는 일종의 아웃사이더로서 '상류사회'에서는 언제나 도덕적으로 가장 비열한 자를 기준으로 해서 사회적인 평가를 내리고 있습니다. 그 때문에 저널리스트와 그 업무에 대해서는 매우 기묘한 사고방식이 널리 퍼져 있습니다. 진정으로 '우수한' 저널리스트의 업무는 학자의 업무와 최소한 동등한 '재능'이 요구된다는 사실— 직업의 성격상 그들은 명령을 받으면 그 자리에서 기사를 쓰고, 전혀 이질적인 집필조건 아래에서도 즉각적으로 '활동'하지 않으면 안 되기 때문에 특히 우수하다고 말할 수 있는 것이지만— 을 누구나 알고 있다고는 말할 수 없습니다. 저널리스트의 책임이 학자보다 훨씬 크고, 책임감이란 점에서도 성실한 저널리스트가 되면 평균적으로 보아 학자보다 못하지 않으며— 전쟁의 경험에서도 알 수 있듯이— 오히려 더 우수하다는 것, 이 점도 거의 완전히 무시되고 있는 상황입니다. 어찌 보면 이는 당연한 사실로서, 무책임한 저널리스트의 업무가 종종 심각한 결과를 초래했던 기억이 지금까지 머릿속에 남아 있기 때문일 것입니다.

또 신중함이란 점에서 볼 때도 유능한 저널리스트가 되면 다른 사람들보다 평균적으로 훨씬 낫다는 점도 어느 누구도 믿지 않고 있습니다. 이 직업에는 항상 다른 직종과 비교할 수 없을 정도로 큰 유혹이 따라다니기도 하고, 기타 현대 저널리스트의 업무에 특유한 여러 조건으로 세상 사람들은 경멸과 가장 애처롭고도 두려움이 섞인 눈길로 신문을 바라보는 버릇이 붙어 있기도 합니다. 이러한 현상에 어떻게 대처해야 하는가 하는 문제는 오늘은 말씀드릴 수 없습니다. 여기서 우리는 저널리스트라고 하는 직업의 '정

치적 운명'과 정치 지도자의 지위에 오를 수 있는 기회가 저
널리스트에게는 어느 만큼 있는가 하는 문제입니다. 지금
까지 이러한 기회를 가질 수 있는 혜택을 누렸던 것은 사회
민주당뿐이었습니다. 하지만 이 당 안에서의 편집자의 지
위는 평직원이라는 성격이 강했고, '지도자'의 지위를 향한
발판은 될 수 없었습니다.

부르주아 정당의 경우 저널리스트 코스를 거쳐 정치권
력으로 올라가는 기회는 이전의 세대와 비교할 때 전체적
으로는 오히려 악화되었다고 할 수 있습니다. 물론 거물 정
치가가 되면 신문을 움직이고 그 때문에 신문과 긴밀한 관
계를 갖는 것이 어쨌든 필요했지만, 정당 '지도자'가 신문업
계에서 나온다는 것은— 설마 그 정도까지야 누구도 예상
치 못하고 있겠지만— 정말로 예외적인 일이었습니다. 그
이유는 저널리즘 경영의 긴장과 분주함의 정도를 더해갔기
때문에 저널리스트, 특히 재산이 없어서 직업에 얽매인 저
널리스트의 경우 급속히 '여유가 없어졌기' 때문입니다. 수
입을 위해 매일, 아니 매주 한 번이라도 논설을 써야 한다
는 것은 정치가에게 있어서 대단한 부담이 되며, 이것이 권
력을 향한 상승과정에서 외적, 특히 정신적인 의미에서 끊
임 없이 제동을 걸어, 애써 가꾼 지도자 자질을 신장시키지
못하게 된 예를 나는 알고 있습니다. 구(舊) 제도하의 독일

에서 신문이 국가와 정당의 지배세력과 유착하여 저널리즘의 수준을 심하게 실추시킨 적이 있었지만 여기서는 언급하지 않겠습니다. 적국(연합국)에서는 이러한 관계가 달랐습니다. 그러나 대신문자본가의 정치적 영향력이— 예를 들면 노스클리프 경(卿)에게서 볼 수 있는 것처럼— 점점 더 중대하는 한편, 현장에 있는 저널리스트의 영향력은 더욱 저하한다는 명제는 연합국이나 어떠한 근대국가에서도 해당됩니다.

지금까지 독일의 대자본가적 신문재벌— 주로 '3행광고'를 게재하는 작은 신문(지방지에 많다), '일반보도신문' 등을 좌지우지해왔다— 은 대개 전형적인 정치적 무관심의 육성자였다고 할 수 있습니다. 왜냐하면 독자적인 정책을 주장해도 돈벌이가 안 되고, 업무상 상관인 정치적 지배세력의 호의도 얻을 수 없었기 때문입니다. '신문의' 광고업무도 전쟁 중 신문을 정치적으로 이용하려고 끊임없이 틈을 노렸고, 이는 지금도 마찬가지일 것입니다. 큰 신문은 이런 유혹을 떨쳐버릴 수 있지만 작은 신문의 경우는 참으로 곤란합니다. 어찌됐든 독일에서 저널리스트라는 경력은 아무리 매력이 풍부하고 그곳에서 생기는 영향력과 활동의 가능성, 특히 정치적 책임이 아무리 큰 것이라 해도 현단계로서는 정치 지도자로 출세하기 위한 정상적인 코스가 아니라고 생각됩니다. 이 '아니다'라는 말이 이제는 아니라는 의미인지, 아니면 아직은 아니라는 의미인지는 좀더 기다려봐야 할 것입니다.

대개의 저널리스트는 익명원칙을 폐지해야 한다고 생각하지만, 설사 폐지했다고 해서 이후에 어떠한 변화가 일어날지 간단히 대답할 수는 없는 문제입니다. 전쟁 중에 독일의 신문업계에서는 문장력이 있는 인물을 특별히 모집해서 언제나 서명이 들어간 '사설'을 쓰게 했던 일이 있었습니다. 유감스럽게도 이 방법은 우리가 익히 알고 있는 두세 개의 예에서도 볼 수 있듯이, 항간에서 생각한 것 만큼 확실하게 책임감을 높인 것은 아니었습니다. 게다가 당파(黨派)의 구별 없이 일부 악명 높은 3류신문 중에는 이 방법으로 매상을 올리려 했고, 실제로 성공한 사례도 있었습니다. 그 당사자인 발행인과 사이비 기자들은 재산을 불릴 수는 있었지만 명예 만큼은 절대로 얻을 수 없었습니다. 그렇다고 해서 서명주의 원칙에 반대하는 것은 아니었습니다. 그러나 현재까지의 상황은 서명주의가 진실한 지도자 또는 '책임 있는' 정치운영으로 나가는 길은 아니었습니다. 이후의 사정이 어떻게 될 것인지 아직은 모르지만 이 저널리스트라는 경력이 어쨌든 직업적인 정치활동에 이르는 가장 중요한 코스의 하나라는 사실에는 변함이 없습니다. 단지 만인을 위한 코스가 아닐 뿐입니다. 그중에서도 소심한 인간, 특히 신분적으로 안정된 지위에 있지 않으면 정신적 균형을 유지할 수 없는 인간에게는 적당하지 않습니다. 젊은 학자의 생활에도 모험은 있지만 그의 주변에는 견고한 신분적 관습이 드리워져 있어서 탈선을 예방하고 있습니다. 그런데 저널리스트의 생활은 사방을 둘러보아도 바로 모험 그 자체이며, 게다가 그는 특수한 조건 아래서 다른 경우에는 거의 경험하기 힘든 방법으로 내적 확신을 시험당합니다. 저널리스트의 생활을 계속하고 있는 동안 몇 번쯤은 겪어본 괴로운 경험들은 최악의 사태는 아닐 것입니다. 성공하는 날에는 그야말로 저널리스트에게 특별히 곤란한 내적 요구가 요구됩니다. 유력인사의 살롱에서 얼핏 보기에는 대등하게, 대개 아첨을 받으면서(저널리스트를 두려워하고 있기 때문에) 교제하고, 게다가 자신이 문 밖에 나서는 순간 아마도 주인은 손님들에게 '언론깡패'와의 교제에 대해 변명을 늘어놓을 게 틀림없다는 사실을 알면서도 여전히 교제를 계속한다는 것은 참으로 어려운 일일 것입니다.

또 '시장'의 수요가 있으면 어떤 것이라도, 모든 인생의 문제에 대하여 즉석에서 납득할 만한 의견을 밝히고, 그러한 때 절대로 천박함으로 흐르지 않고, 품위 없는 자기폭로에도, 그에 따르는 무자비한 결과에도 빠져들지 않는다는 것, 이것도 결코 쉬운 일은 아니라고 생각합니다. 따라서 인간적으로 타락한 쓸모없는 저널리스트가 아주 많다 해도 놀랄 일이 아닙니다. 오히려 경탄해야 할 일은, 그럼에도 불구하고 이런 인간들 가운데 참으로 훌륭하고 순수한 인간이 상상도 못할 만큼 많다는 사실입니다.

어쨌든 직업정치가의 한 유형으로서의 저널리스트에게는 지금까지 상당히 긴 역사가 있었지만, 다음의 유형인 '정당 직원'이 나타난 것은 겨우 수십 년, 일부에서는 수년 사이의 일입니다. 여기에는 우리는 정당직원의 지위가 역사적으로 어떻게 발전해왔는지를 이해하려면 정당제도와 정당조직을 고찰해야 할 것입니다.

지역과 업무의 범위라는 관점에서 볼 때 지방적인 소행정지구의 차원을 넘은 제법 큰 정치단체에서 정기적으로 권력자가 선출되면 정치는 필연적으로 '이해관계자에 의한 운영'이라는 형태를 취하게 됩니다. 즉 정치생활(정치권력에의 참가)에 관심을 가진 비교적 소수의 사람들이 자유롭게 권유라는 방법으로 부하를 조달하고 자신과 측근을 후보자로 내세워서 자금을 모은 뒤 득표활동에 나서게 됩니다. 큰 단체에서 이러한 운영이 없는 경우 선거를 능숙하게 치를 수는 없을 것입니다. 이해관계자에 의한 운영은 현실적인 문제로서 유권자를 능동분자와 수동분자로 나누는 것을 의미하는데, 원래 이런 구분이 각 개인의 자유의지에 기초한 것인 이상 선거의무제와 직능대표제, 기타 이해관계자에 의한 운영의 시정(요컨대 직업정치가에 의한 지배의 저지)을 내걸거나 노리는 어떠한 제안, 어떠한 조치에 의해서도 제거될 수 없습니다.

지도자와 그 부하는 자유로운 권유로 추종자의 범위를 넓히고, 이를 통해 지도자 선출에 필요한 수동적 유권자를 결집시키는 정치상의 능동분자의 역할을 하는데 이들은 어떤 정당에도 없어서는 안 될 존재입니다. 그러나 정당의 구조는 각양각색이라고 할 수 있습니다. 예를 들면 교황당과 황제당[15] 같은 중세도시의 정당은 순수하게 개인적인 도당(徒黨)이었습니다. 교황당의 규약을 보면 귀족— 원래 기사로서 생활하고, 따라서 봉토를 받을 자격이 있는 가문을 의미했다— 의 재산몰수, 관직과 선거권의 박탈, 초 지방적인 당위원회, 엄격한 군사조직, 밀고자에 대한 프리미엄 등을 모두 갖추고 있어서 마치 볼셰비즘 치하의 소비에트 제도, 엄선된 군대조직과— 특히 러시아에서의— 비밀경찰 조직,

---

15 원래 주교 서임권과 교황의 교권 확장정책을 둘러싸고 독일제국 내에서 일어났던 교황파와 황제파의 대립이, 독일황제의 이탈리아 정책에 의해 13세기경부터 이탈리아에서는 교황당과 황제당으로 나타났으나, 점차 본래의 의미에서 벗어나 이탈리아 여러 도시 내부의 세력쟁탈전(특히 상인귀족 대 봉건귀족)의 색채를 띠게 되었다.

'부르주아'(기업가, 상인, 이자 생활자, 성직자, 왕실의 자손, 경관)의 무
장해제와 정치적 권리박탈, 재산몰수 등을 보고 있는 듯한
기분이 듭니다. 유사점은 다음과 같은 점을 생각하면 더욱
더 명료해질 것입니다. 즉 교황당 쪽의 군사조직이 실제로
는 병원대장(兵員臺帳)에 기초하여 편성된 순수한 기사군으
로서 그 지도적 지위의 거의 전부를 귀족들이 차지하자 소
비에트 쪽에서도 고급 기업가, 고임금제도, 테일러 시스템
[16], 군대와 공장의 규율을 그대로 온존시키고, 온존시켰다
기보다 이를 부활시켜서 외국자본에 추파를 던졌습니다.
요컨대 소비에트 쪽도 국가와 경제의 운전정지를 저지하기
위하여 부르주아적 계급제도로서 일단 타도했던 것을 그
대로 '남김 없이' 받아들였고, 이전의 비밀경찰까지 다시 국
가권력의 주요기관으로서 이용하고 있기 때문이었습니다.
그러나 여기서 우리들이 문제삼고 있는 것은 이 같은 폭력
행사 조직이 아닌 투표시장에서 정당의 지도로 '평화적인'
선거운동을 통해 권력을 장악하려고 하는 직업정치가입니
다.

　이러한 보통의 의미로서의 정당도 애초에는— 예를 들
면 미국의 경우처럼— 완전한 귀족의 추종자였다고 할 수

---

16 1인이 할 수 있는 표준 작업량을 과학적으로 측정하고, 이를 달성하기 위해
　　특수한 고임금 등을 도입한 과학적인 노동 관리제도.

있습니다. 어떤 귀족이 모종의 이유로 소속 정당을 바꿀 때마다 그의 도움을 받고 있는 자 전원이 그를 따라 반대당으로 옮기곤 했습니다. 대귀족이나 국왕은 선거법 개정(1832년) 때까지 다수의 선거구에서 관직 임명권을 장악하고 있었습니다. 이 같은 귀족정당과 비슷한 것이 시민계급의 권력상승에 따라 도처에서 발달한 명망가 정당입니다. 서양에서 전형적인 인텔리층의 정신적 지도 아래 있었던 '교양과 재산'을 가진 명망가들은 어떤 때는 계급이익과 가문의 전통에 따라, 어떤 때는 순수한 이데올로기상의 이유로 여러 당파로 갈라져서 각각의 당파를 지도했습니다. 우선 성직자, 교사, 대학교수, 변호사, 의사, 약제사, 부농과 제조업자 등 영국에서 신사(紳士)로 꼽을 수 있는 모든 계층의 손으로 기껏해야 지방적인 정치클럽 정도의 일시적인 단체가 만들어졌으나, 변동기에는 소시민계급, 경우에 따라서는 프롤레타리아까지도 지도자의 출현 여부에 따라— 지도자라 해도 대개 그들 가운데서 나온 것은 아니지만— 여기에 가담하기도 했습니다. 그러나 이 정도의 단계로는 초지방적인 차원의 결합을 갖고 국내에 널리 뿌리를 내린 영속적인 성격의 정당은 아직 존재하지 않았습니다. 결속되어 있는 것은 국회의원뿐이며, 후보자 선정을 좌지우지한 것은 지방의 명망가들이었습니다.

강령은 후보자의 선거연설에서 나오기도 하고, 명망가 집회와 의회정당의 결의를 참고하여 만들어지기도 했습니다. 클럽의 지도는 임시 업무적으로 부업과 명예직으로서 행해졌고, 클럽이 없는 경우에도(대개의 경우가 그랬지만) 평상시의 정치는 정치에 항상 관심을 가진 소수자에 의해 즉흥적으로 부업과 명예직으로서 운영되고 있었습니다. 당시는 저널리스트만이 유급의 직업 정치가였으며, 신문 경영만이— 또 이와 병행하여 회기중인 의회만이— 계속적인 정치 경영이 이루어지고 있었습니다. 물론 국회의원과 의회의 정당 지도자는 어떤 정치행동이 필요할 경우, 지방 명망가 중 누구에게 부탁해야 좋은지를 알고 있었습니다. 그러나 적은 액수라도 당비를 징수하고 정기적으로 회합을 연다든가 의원의 공개보고회를 개최하는 등의 정당 지부조직은 대도시를 제외하고 존재하지 않았으며 정당은 선거 때만이 생명을 가진 존재였습니다.

지방간 선거협정의 가능성, 전국적으로 광범위한 계층의 승인을 얻은 통일적인 강령과 널리 전국에 걸친 통일적인 선전활동의 효력— 이런 것들에 대한 국회의원의 관심이 원동력이 되어 정당의 조직강화가 진전되어갔습니다. 이리하여 정당의 지방 조직망이 중소도시로 퍼지고, 농촌에까지 '정당원'의 그물에 들게 되며, 중앙당을 지휘하는 당의원 중 한 명이 이와 긴밀한 연락을 취하게 되는데 그렇게 되도 명망가 단체라는 당 기구의 성격은 원칙적으로 그대로인 것입니다. 급료를 받는 직원은 아직 본부에만 있고, 지방 지부의 지휘는 어떤 경우에도 '명사'입니다. 명사는 평상시의 안면과 체통을 유지하기 위해 이 업무를 떠맡은 의회 외부의 명사들이며 전직 국회의원인 정치적 명망가층과 함께 위세를 부리고 있었습니다. 물론 중앙당이 발행한 '당보(黨報)'가 신문과 지방 집회에 끼치는 지적 영향력은 해를 거듭할수록 증대되었습니다. 규칙적인 당비 징수가 불가결하게 되고, 그 일부는 본부의 비용으로 돌리지 않으면 안 되게 되었습니다.

최근까지 독일의 당 조직은 대개 이런 단계에 있었으며, 프랑스의 일부에서는 아직도 이 제1단계가 지배적이었습니다. 국회의원의 결합은 몹시 불안정했고, 전국 각지에 흩어져 있는 지방 명망가의 숫자도 적었으며 강령은 개개의 선거운동에서 후보자 자신이 만들거나, 후원자가 후보자를 위해 만들기도 했습니다— 그렇다고 해도 이는 국회의원의 결의와 강령을 참고로 하면서 어느 정도 지방적인 사정을 가미한 것이었다— 이 제도는 겨우 부분적으로 붕괴된 정도였습니다. 이런 단계까지 와서도 정치를 본업으로 하는 정치가의 숫자는 적었고, 대개가 선출의원과 소수의 본

부 직원, 저널리스트였으며, 프랑스에서는 그밖에 엽관자
— 현재 '정치적 관직'에 취임했거나 그런 자리를 노리고 있
다— 가 이에 가담하였습니다. 아직도 정치는 형식적으로
는 압도적으로 부업이었습니다. 관료가 될 수 있는 의원의
수는 지극히 적었고, 입후보자의 수도 명망가라는 그 성격
상 본질적으로 제한되어 있었습니다. 그러나 정치운영에
대하여 특히 물질적인 의미에서 간접적으로 이해관계를 가
진 사람들은 매우 많았습니다. 그 이유는 어느 성·청이 행
하는 모든 조치는 특히 어떠한 인사문제의 처리도 그 모든
것이 선거에 어떤 영향을 끼칠 것인가 하는 문제와 결부되
었으며, 그들 쪽에서도 요구가 있으면 그 지역 출신 의원에
게 가져가서 관철시키려 했기 때문입니다. 대신(大臣)도 상
대방 의원이 같은 다수당 소속인 이상— 그렇기 때문에 누
구라도 다수당에 입당하고 싶어하는 것이지만— 거절하든
응낙하든 귀를 기울이지 않을 수 없었습니다. 국회의원은
각기 관직 임명권을 갖고 대개는 자기 선거구의 모든 문제
에 대해 각종 혜택을 베풀었으며, 한편으로는 다음 선거를
대비하여 그 지방의 명망가와 접촉하는 것도 잊지 않았습
니다.

그런데 이 명망가 집단의 지배, 특히 국회의원 지배의 소
박한 상태와 첨예한 대조를 이루고 있는 것이 다음에 언급

하는 가장 근대적인 정당조직이었습니다. 이를 탄생시킨 것은 민주제, 보통선거권, 대중획득과 대중조직의 필요, 지도에 있어서 최고의 통일성과 매우 엄격한 당 규율의 발달로부터입니다. 명망가 지배와 국회의원에 의한 지도는 종말을 고하고 의회 외부의 직업적 정치가가 경영을 장악하게 됩니다. '기업가'로서— 예를 들면 미국의 보스와 영국의 '선거 사무장'도 실질적으로는— 아니면 고정급을 받는 직원으로서 말입니다. 어쨌든 형태상으로는 광범위한 민주화가 행해지게 되는 것입니다. 최종적인 강령을 만드는 것은 이미 원내의 당 프랙션(Fraction)이 아니며 후보자의 선정도 지방 명망가의 손을 벗어나 조직된 당원집회에서 선출하고 상급 당집회— 전국 '당대회'에 이르기까지 때로는 여러 단계가 있으며— 에 대표를 보내게 됩니다. 물론 실제로 권력의 장악은 경영 내부에서'계속적'으로 업무를 수행하고 있는 자들이거나— 예를 들어 강력한 이해관계자 그룹(태머니 홀)의 패트론과 지배인으로서— 금전과 인사의 측면에서 정당 경영의 뿌리를 장악하고 있는 사람들입니다.

결정적인 것은 이러한 인간장치의 전체— 앵글로색슨 제국에서는 이를 '기구'라는 그럴 듯한 말로 부르고 있다— 라기보다도 오히려 이 장치를 조종하는 인간이 현직의원에게 도전하여 자신의 의사를 대폭적으로 강요할 수 있다는 점입니다. 그리고 이 사실은 당 지도자의 선택에 대해 특별히 중요한 의미를 갖고 있습니다. 기구만 있다면 때로는 의회를 무시해도 지도자가 될 수 있기 때문입니다. 이러한 기구의 등장을 달리 표현하면 '인민투표적 민주제'의 도래를 의미하는 것입니다. 말할 필요도 없지만 당원, 특히 당직자와 당 기업가들은 지도자의 승리로부터 개인적인 보수—관직과 기타의 이익— 를 기대합니다. 그때의 이익은 개개의 의원이 아니라 지도자로부터 나오며 적어도 의원 개개인에게서 나오는 것만은 아니라는 점이 중요하다고 하겠습니다. 그들이 특히 기대하는 것은 선거전에서 지도자 개인의 선동적 효과가 당에 득표와 의석 그리고 권력을 가져오고 그 결과로서 자신들이 원했던 보수를 손에 넣을 수 있는 기회가 최대한으로 확대되는 것이라 할 수 있습니다. 범용한 인간들로 구성된 정당의 추상적인 강령을 위해서가 아니라 어떤 한 인간을 위해 진심으로 헌신적으로 일하고 있다는 만족감— 모든 지도자의 자질에서 볼 수 있는 이 '카리스마적' 요소— 가 그들의 정신적인 동기의 하나라고 볼 수 있습니다.

이 같은 형태는 자신의 세력을 지키려 하는 지방 명망가와 국회의원과의 끊임없는 잠재적 투쟁 속에서 다양한 모습으로 자신의 위치를 굳혀나갔습니다. 먼저 미국의 부르주아 정당, 이후 독일의 사회민주당에서도 자기보다 우월한 지도자가 없어지면 끊임없는 반격이 일어나고, 가령 지도자가 있어도 당 명망가의 허영심과 이익에 대해 여러 가지 양보를 하지 않을 수 없었습니다. 그러나 무엇보다 중요한 것은 이 '기구'가 때로는 일상 사무를 장악한 당 '관료'의 지배 아래 들어가버리는 것입니다. 많은 사회민주당원은 동료가 '관료화'되어버렸다고 생각했습니다. 그러나 관료라는 것은 데마고그로서 강력한 영향력을 가진 개성적인 지도자에게는 비교적 쉽게 밀착되어 갑니다. 이것은 관료의 물질적, 정신적 이해관계가 지도자가 원하는 당 세력의 확대와 밀접하게 결합되어 있기 때문이지만, 이와는 별도로 지도자를 위해 일한다는 것 자체가 그들에게 정신적인 의미에서 상당히 큰 만족감을 주기 때문입니다.

  관료뿐만 아니라 '명망가'가 당에 대한 영향력을 장악하고 있는 곳에서는— 부르주아 정당에서는 대개가 그렇지만— 지도자의 대두가 훨씬 더 어렵게 됩니다. 명망가들이 간사와 위원 따위의 미미한 직함을 갖는 것에 '정신적'인 '보람'을 느끼고 있기 때문입니다. 그들의 행동을 규정하고 있는 것은 신참자로서의 데마고그에 대한 반응, 정당정치의 경험은 내가 더 낫다는 자신감 그리고 당의 오랜 전통이 무너져버릴지도 모른다는 이데올로기상의 불안감입니다. 아울러 그들은 당내에서의 모든 전통주의자들을 자기 편으로 삼았습니다. 특히 지방의 선거민은— 소시민적인 선거민도 그렇지만— 이전부터 낯익은 명망가의 이름을 보고 신용하지만, 미지의 인간에게는 좀처럼 마음을 터놓지 않습니다. 물론 일단 성공해버리면 이번에는 반대로 열광적인 팬이 되기도 합니다. 이 두 가지 구조와 형태 사이의 상극을 두세 개의 주요한 예를 들어 검토하고 특히 오스트로고르스키가 언급한 인민투표적 형태의 대두를 살펴보기로 합시다.

우선 영국으로 이 나라의 정당 조직은 1868년까지 순전히 명망가 조직이었다. 토리 당은 농촌에서의 경우 대개 국교회파 목사와 교사, 특히 주의 대지주를 기반으로 하고 휘그 당 쪽은 대개 비국교회파 목사와 역장, 대장장이, 바느질집이나 로프를 만드는 직공들— 요컨대 서민들의 말상대가 될 기회가 가장 많아 정치적 영향력도 있는 직공들— 을 기반으로 했습니다. 도시에서는 경제관과 종교관, 때로는 단지 조상 전래의 정당관에 따라 지지하는 정당이 달라졌습니다. 그러나 정치운영의 담당자가 명망가라는 데는 변함이 없었고, 이러한 토대 위에 중앙에서 의회와 여·야당, 그리고 '내각'과 '리더'— 수상과 야당 당수— 가 위세를 부리고 있었습니다. 이 당수와 함께 당 조직에서 가장 중요한

직업정치가를 들면 '원내 간사'였습니다. 관직 임명권이 그
들의 수중에 있었으므로 청탁을 위해 엽관자는 빈번히 간
사를 찾아다니고, 간사도 이 문제로 각 지역구 의원들과 협
의를 했습니다. 자기 고장에서 운동원을 얻을 수 있게 되면
각 선거구에서 차츰 직업정치가층이 자라기 시작하는데 처
음에는 무급이었으며 그 지위는 대체로 독일의 '정당 사무
원'과 흡사했습니다. 그런데 이와 함께 일종의 자본주의적
인 기업가가 선거구에 출현하게 되었습니다. 이것이 '선거
사무장'이며 영국의 근대적인 선거의 공정을 보장하는 근
대적 입법 아래서는 피할 수 없는 존재였습니다. 이 입법은
선거비용의 규제와 재력에 대한 대항으로서 각 후보자에게
선거비용의 보고를 의무화했는데, 이는 후보자가 이전의
독일 이상으로 목이 쉬도록 연설도 했지만 지갑을 털어 돈
을 뿌리는 것도 즐겼기 때문입니다. 선거 사무장은 후보자
로부터 되는 대로 돈을 받아서 한밑천 잡는 일이 흔했습니
다. 의회 안팎에서 '리더'와 당 명망가의 권력배분에 관해서
언급하자면, 영국에서는 옛날부터 강력하고 안정된 정치를
가능케 한다는 지상 최고의 이유 때문에 리더가 매우 중요
한 비중을 차지하고 있었지만 평의원과 당 명망가의 세력
도 아직은 상당한 것이었습니다.

　낡은 정당 조직의 절반은 명망가의 경영이며, 절반은 이

미 직원과 기업가 조직의 경영이 되기 시작했습니다. 그러나 1868년 이후 버밍엄을 시작으로 점차로 전국 지방 선거에서 '코커스 시스템'*이 발달하기 시작했습니다.

　*보통은 당 간부가 당의 선거후보자 지명 내지 정책결정을 위해 여는 '비밀간부회의'의 뜻으로 사용되지만, 베버의 경우 이 말은— 명명가 정당과의 대비에 있어서— 정당의 '관료제화'와 거의 동의어로 사용되며, 특히 그것과 결탁된 당수의 인민투표적 성격이 강조되고 있다.

　이 시스템의 창안자는 비국교회파의 한 목사와 챔벌린이며 창안 동기는 선거권의 민주화였습니다. 대중획득을 위해서는 일단 민주적인 체제를 가진 제단체를 모체로 한 거대한 기구를 발족시켜서 도시의 각 지구에 선거단체를 설치하고, 조직을 끊임없이 움직여 일체를 엄격하게 관료제화하는 것이 필요했습니다.

　이리하여 유급 직원의 숫자는 늘어가고 지방 선거위원회— 여기에는 전체 유권자 가운데 10% 정도가 조직되어 있었다— 에서 지부장이 선출되고 이 지부장이 정당정치의 정식 담당자로서 각종 호선권(互選權)을 가지게 되었습니다.

　코커스 시스템의 추진력은 특히 자치단체 행정— 이것은 어디서나 매우 풍부한 물질적 기회의 원천이었다— 에 강한 관심을 가진 지방 사람들로서, 자금도 일단 그들에 의해 조달되었습니다.

이미 의원의 지도도 받지 않는 이 새로운 기구는 태어나자마자 지금까지의 실력자였던 '원내 간사'와 일전을 겨뤄야 했으나 지방 관계자의 지지를 얻어 이 싸움에서 이기고 원내 간사 쪽이 허리를 굽혀 기구와 타협을 하게 되었습니다.

그 결과 모든 권력은 당의 정점에 선 소수자의 손에 그리고 최후에는 한 사람의 손에 집중되었습니다. 사실 영국 자유당에서는 글래드스턴이 권좌에 등장하는 것과 결부되어 전 기구가 급격한 팽창을 하였습니다. 이 기구가 그처럼 급속히 명망가를 이길 수 있었던 것은 글래드스턴의 위대한 선동정치의 매력, 정책의 윤리적 내용, 특히 그의 인격의 윤리적 성격에 대한 대중의 확고한 신뢰에서 비롯된 것이라 할 수 있습니다. 정치에 있어서 일종의 케사르적(인민투표적) 요소인 선거전의 독재자는 이렇게 등장했습니다. 이는 눈깜짝할 사이에 실현된 것입니다. 1877년에는 코커스가 처음으로 총선거에서 활약하고, 성공의 절정에 있던 디즈레일리를 실각시키는 눈부신 성공을 거두었습니다. 1886년에 이르러서는 자유당의 기구는 이미 글래드스턴의 완전한 카리스마적 지배하에 들고 이 해에 아일랜드 자치문제*[17]가 일어났을 때 모든 기구는 위에서부터 아래까지 '정말로 우리들은 글래드스턴의 입장에 찬성하는 것일까'라는 물음은 뒷전으로 돌리고 완전히 글래드스턴의 말에 따라 '그가 하는 대로 따라가자'고 주장하며 자신들의 산파역인 챔벌린마저 배척해버렸습니다.

이러한 기구는 많은 사람들을 필요로 합니다. 영국의 경우 직접 정당정치로 생활하는 자의 숫자는 2천 명 정도일 것입니다. 물론 순수한 엽관자와 이해관계자로서 정치—특히 지방자치단체 내부의 정치— 에 관여하는 사람은 훨씬 더 많을 것입니다. 유능한 코커스 정치가에게는 경제적인 기회 외에 허영심을 만족시켜줄 기회가 있습니다. (일반적인) 야심의 최고 목표는 물론 '치안판사'이며 될 수 있다면 '하원의원'이 되는 것인데, 집안이 좋은 '신사'들에게 이 자리가 주어졌습니다. 또 거액의 후원자에게는— 당 재정의 대략 50%는 이름을 숨긴 증여자의 기부에 의해 꾸려졌다— 귀족이라는 칭호가 가장 매력적인 것이었습니다.

---

17 제1차 대전 후까지 지속된 아일랜드의 영국 본토로부터의 자치획득을 둘러싼 제문제. 여기서 말하는 것은 1886년 글래드스턴 내각에 의해 상정된 자치법안을 둘러싼 분쟁으로 당시 지방자치 성(省)의 장관인 챔벌린은 이 문제로 글래드스턴과 충돌하고 탈당하게 된다.

그런데 이 시스템 전체는 어떠한 효과를 가져왔다고 생각하십니까? 현재 영국의 국회의원은 두 세명의 각료(더불어 약간의 기인)를 제외하고 대개는 잘 훈련된 'Yes Man'에 지나지 않는 존재가 되어버렸습니다. 독일 국회에서는 자신의 책상에서 하다못해 사적인 편지라도 쓰면서 자신의 지역구를 위해 일하고 있는 듯한 시늉 정도는 했습니다. 그러나 이런 제스처가 영국에서는 쓸모가 없습니다. 의원은 투표할 때만 당을 배반하지 않으면 될 뿐입니다. 원내 간사가 사정에 따라 내각과 야당 당수로부터 내려온 지령을 수행하도록 호출하면 만사를 제쳐두고 등원(登院)하지 않으면 안 됩니다. 강력한 지도자가 있을 때의 전국 각지의 코커스 기구는 거의 무원칙으로 완전히 당수의 의도대로 됩니다. 이리하여 의회에서는 기구의 힘을 빌려 대중의 지지를 얻은 독재자— 사실상 인민투표적인— 가 군림하고 의원은 이에 추종하는 정치적인 월급쟁이에 지나지 않는 존재가 되고 맙니다.

그런데 이러한 지도자는 어떤 방법으로 선출되는 것이며 제일 먼저 어떠한 능력이 선택의 기준이 되는 것일까요?

세계 어느 곳이든 강인한 의지가 결정적인 자질이지만, 그 다음으로 특히 중요한 것은 물론 선동적인 웅변의 힘입니다. 연설 방법은 시대와 함께 변해왔습니다. 코브던처럼 오성에 호소했던 시대로부터, 언뜻 보기에 평범한 사실로 하여금 말하게 하는 식의 기교를 터득한 글래드스턴을 지나, 지금은 대중을 움직이기 위해 구세군 비슷한 수단을 이용해 오로지 정서적으로 작용하는 연설이 많아졌습니다. 지금의 이런 상태를 '대중의 정서성을 이용한 독재체제'라고 부르는 것도 가능할 것입니다. 그런데 영국 의회에서는 위원회제도가 매우 발달해서 위원회에서의 공동 작업이라는 새로운 길이 열렸고 지도에 관여할 생각이 있는 정치가라면 반드시 거쳐야만 하는 코스가 되어 있습니다. 최근 수십 년 간의 걸출한 각료는 모두 이 실질적이고 효과적인 실무훈련을 거친 사람들입니다. 정치가는 거기서 보고를 하기도 하고 심의사항에 대하여 공개비판을 받기도 하기 때문에 영국에서는 이와 같은 실지훈련 속에서 사실상 지도자의 선발이 행해지며 역으로 단순한 선동정치가가 배제되도록 하고 있습니다.

이상이 영국의 상태라고 할 수 있습니다. 그러나 영국의 코커스 시스템도 미국의 정당조직에 비하면 미온적인 형식밖에 안 됩니다. 미국의 정당조직에서는 일찍부터 매우 단순한 형태로 인민투표적 원칙이 세워져 있었습니다. 워싱턴이 이념으로서 추구했던 미국은 젠틀 맨이 지배하는 나라였으며 이것은 그 당시 미국에서 지주나 대학교육을 받은 사람을 가리키는 말입니다. 미국에서도 처음에는 명망가가 지배하던 무렵의 영국처럼 정당이 결성되던 초기에는 하원의원이 지도자가 되려 했습니다. 정당조직은 아직 허술했고 이런 상태가 1824년까지 계속되었습니다. 1820년대 이전부터 이미 많은 지방자치단체에서— 미국에서도 여기가 근대적 발전의 발상지였다— 정당 '기구'가 생겨났지만 낡은 전통이 완전히 불식된 것은 서부 농민 출신의 후보자인 앤드류 잭슨이 대통령에 선출되고부터였습니다. 의회가 전국에 뿌리를 내린 정당조직에 대해 거의 완전히 통제력을 상실해버렸기 때문에 이전의 거물의원(칼훈과 웹스터)들이 정계에서 물러난 것은 1840년대 초기의 일로서, 유력의원에 의한 정당지배는 정식으로 종말을 고하게 되었습니다.

미국에서 인민투표적인 '기구'가 이처럼 일찍부터 발달했던 원인은 미국에서만 인민투표로 선출된 대통령이 행정부의 수장인 동시에— 이 점이 매우 중요하지만— 관직 임명권도 장악하고 있었기 때문입니다. 또 '삼권분립' 덕분에 대통령은 직무집행에 있어서 의회의 간섭을 거의 받지 않았기 때문입니다. 이리하여 대통령 선거라도 하게 되면 관직이라는 약탈대상이 승리의 보수로서 제시되었다고 할 수 있습니다. 이런 경향은 잭슨이 조직적인 원리로까지 고양

시킨 '엽관제(Spoil System)'에 의해 한층 더 강화되었습니다.

대통령 당선자의 추종자에게 연방의 모든 관직을 나눠주는 제도인 엽관제는 오늘의 정당구조에 대하여 어떤 의미를 가지고 있는지 생각해봅시다. 전혀 정견이 없는 정당, 순수한 엽관자의 조직들이 대립하여 득표의 전망 여하에 따라 선거전마다 강령을 바꾸는— 이와 비슷한 예는 다른 나라에도 있으나, 이처럼 현기증이 날 정도로 변하는 곳은 없다— 사태가 일어납니다. 미국의 정당은 처음부터 끝까지 합중국 대통령과 각 주지사라는 관직 임명권에 특별히 중요한 의미를 가진 선거전을 위해 편성되어 있습니다. 강령과 후보자는 당의 '전국대회'에서 결정되고 의원은 여기에 참가하지 않습니다. 즉 이 전국대회에는 대의원회에서 대표를 내고 대의원회의 멤버는 다시 '예비선거', 즉 정당의 제1차 선거인회의 위탁을 받고 나오게 되며 형식적으로는 극히 민주적인 체제를 취하고 있는 것입니다. 대의원은 이미 예비선거 단계에서부터 대통령 후보의 이름으로 선출되기 때문에 '지명'문제를 둘러싼 각 당 내부의 싸움은 극히 치열하다고 할 수 있습니다. 대통령의 손에는 어쨌든 30만에서 40만이라는 숫자의 관리 임명권이 위임되어 있는데 임명권의 행사에는 각 주 상원의원의 승인을 필요로 합니다. 때문에 상원의원은 정치가로서 상당한 실권을 가지고 있음을 알 수 있습니다. 그에 비하면 하원 쪽은 정치적으로 아주 무력합니다. 왜냐하면 하원에 관리 임명권이 없고 대통령에게는 의원이나 의회에 대하여 반대할 수 있는 권리가 국민들로부터 주어져 있으며, 순수하게 대통령의 보조자인 각료[각 성(省)의 장관]도 의회의 신임·불신임에 관계없이 직무를 집행할 수 있기 때문입니다. 이것도 '삼권분립'의 결과라고 할 수 있습니다.

이러한 기반 위에서 나온 엽관제가 미국에서 기술적으로 가능했던 것은 미국 문화가 아직 젊고, 순수한 아마추어 행정이 가능했기 때문입니다. 당을 위해 전력을 다했다는 사실 외에 아무런 자격도 증명할 수 없는 30만에서 40만이나 되는 당원이 관리로 임명된다고 하는 이 사태는, 당연한 일이지만 놀랄 만한 폐해와 유례없는 부패와 낭비― 무한정한 경제적 찬스를 가진 나라로서 처음으로 견딜 수 없을 정도의― 를 수반합니다.

어쨌든 이러한 인민투표적 정당 기구와 함께 등장했던 인물이 '보스'이며 그러면 보스는 어떠한 인물이었을까요? 자신의 계산과 위험으로 표를 긁어모으는 정치상의 자본주의 기업가라고 할 수 있습니다. 보스는 변호사나 선술집 주인 또는 이와 비슷한 경영주, 때로는 고리대금업자로서 일단 관계를 트고, 이를 토대로 자신의 세력을 넓혀가며 일정한 수의 표를 '컨트롤'할 수 있게 됩니다. 여기까지 노를 저어가면 이번에는 이웃 보스와 연락을 갖는데, 그 정열과 교묘함, 특히 신중함에 의해 그 길의 선배들의 주목을 받고 출세가도를 달리게 됩니다. 보스는 당조직에 있어서 빠져서는 안 될 존재입니다. 조직은 그들의 손에 빈틈없이 장악되어 있고 자금의 대부분을 조달합니다. 그러면 어떻게 해서 그 돈을 손에 넣는 것일까요? 일부는 당원의 헌금이지만 대개는 보스와 그 정당의 힘으로 겨우 관직을 얻은 관리의 봉급에서 할당받는 방법이 있습니다. 아울러 뇌물과 팁도 있습니다. 법망을 피해 처벌을 면하려면 보스가 눈감아주어야 하는데 여기에는 사례가 필요합니다. 그렇게 하지 않으면 반드시 귀찮은 일이 일어나게 됩니다. 그러나 이런 것만으로는 아직 당 운영에 필요한 자금을 조달할 수 없습니다.

보스는 재계의 거물들로부터 직접 돈을 받는 인물로서 아무래도 필요한 존재입니다. 그들이 월급쟁이인 당 직원과 회계 담당자에게 직접 선거자금을 건네줄 수는 없는 것입니다. 금전문제에 있어서 매사에 신중하고 빈틈없는 보스라면 선거자금을 마련해주는 자본가들에게 당연히 자기들과 한패로 보이는 법입니다. 전형적인 보스는 철두철미하게 냉정합니다. 그는 사회적 명예를 구하지 않습니다.

'프로'인 보스는 '상류사회'에서 경멸을 받고 있습니다. 그는 권력만을 추구합니다. 재원으로서의 권력을, 그러나 권력을 위한 권력만을 추구하는 것입니다. 그는 어둠 속에서 일하고 그 점에서는 영국의 지도자와 대조적입니다. 우리들이 공개적인 장소에서 보스의 연설을 듣는 일은 없습니다. 무엇을 어떻게 말해야 목적한 바를 달성할 수 있는지 연설자에게 지혜를 빌려주는 일은 있어도 자기 자신은 말이 없습니다. 그는 보통 연방 상원의원 이외의 자리에는 앉지 않습니다. 상원의원은 헌법에 따라 관직 임명권에 참여하기 때문에 주요한 보스는 종종 스스로 상원의 의석을 갖습니다. 관직 수여는 우선 당에 대한 공적을 기준으로 행해지지만 경매할 경우도 흔히 있으며, 하나 하나의 관직에 제각기 얼마씩의 가격이 매겨져 있습니다. 그것은 교회국가를 포함하여 17, 8세기의 군주제 국가에서 흔히 있었던 매관제도(賣官制度)의 일종이라고 할 수 있습니다.

보스는 명확한 정치 원칙을 갖고 있지 않습니다. 그는 전혀 '주의'를 갖지 않으며, 표를 모으는 일 외에는 생각하지 않습니다. 교육을 받은 정도가 보잘것 없는 인간도 흔히 있습니다. 그러나 그 사생활은 대개 나무랄 데 없이 고지식하고 꼼꼼합니다. 그러나 정치윤리 만은 별개입니다. 마치 (전쟁 중의) 매점매석 시대에 (성실해야 할) 우리들 독일인의 대다

수가 경제윤리의 영역에서 그러했던 것처럼 보스도 정치행위의 측면에서는 물론 기성의 평균적 윤리를 따르고 있습니다. 프로니 정치꾼이니 하며 사회적으로 경멸당해도 그는 태연합니다. 보스 자신이 연방의 요직을 차지하지 않고 그럴 속셈도 없다는 점은 다른 측면에서 다음과 같은 장점을 가지고 있습니다. 독일처럼 당의 오랜 명망가가 몇 번씩 입후보하는 것이 아니라, 당과 무관한 인텔리나 유명인이라도 선거에서 인기가 있을 것으로 보스 쪽에서 판단하면 흔히 입후보할 수 있다는 점입니다.

따라서 사회적으로 경멸당하는 실력자가 주도권을 장악하는 이 무정견한 정당구조가 오히려 유능한— 독일이라면 도저히 출세의 가망이 없을 것 같은— 인재를 대통령으로 만드는 일에 한 몫을 하는 셈입니다. 물론 보스도 자신들의 돈줄과 권력의 원천을 위협하려는 아웃사이더에게는 저항합니다. 그러나 유권자의 호의를 얻으려고 겨루는 투쟁에서는 부패의 적으로 알려진 후보자라도 받아들이지 않을 수 없는 경우가 흔히 있었습니다.

미국에는 이처럼 위에서부터 아래에 이르기까지 엄격하게 조직된 고도의 자본주의적 정당 경영이 있으며 이것이 태머니 홀처럼 매우 견고하고 수도회 비슷한 조직을 가진 그룹의 지지도 받고 있습니다. 이런 종류의 그룹은 오로지 정치적 지배, 특히 자치단체의 행정— 미국에서도 이것이 가장 중요한 착취의 대상이 되어있다— 을 조종함으로써 이익을 올리려는 단체입니다. 이 같은 구조를 가진 정당생활이 가능했던 것은 미합중국이 '신생국'으로서 고도로 민주적이었기 때문입니다.

그런데 현재는 변해서 이 제도도 서서히 쇠퇴하고 있습니다. 미국도 이미 아마추어만으로는 통치가 불가능하게 되었습니다. "당신들이 그처럼 공공연히 경멸하던 정치가들에게 어째서 통치를 받고 있습니까"라고 미국 노동자에게 물으면 15년 전까지는(1904년 저자는 미국여행을 했다) 다음과 같이 대답했습니다. "당신네 나라처럼 우리들을 깔보는 잘난 관리 나리들보다도 우리가 경멸하는 패거리에게 관직을 맡기는 편이 차라리 마음 편하니까요" 이것이 종전의 미국 '민주주의'의 입장이었습니다. 그러나 사회주의자들은 당시부터 전혀 별개의 사고방식을 가지고 있었습니다. 그러나 이런 상태로는 더 이상 어쩔 수 없는 상황이 되어버렸습니다. 아마추어 행정으로는 불충분해지고 공무원법 개정에 의해 연금을 받는 종신직의 숫자는 확실히 늘었고, 독일의 경우와 마찬가지로 청렴하고 유능한 대학출신의 관리가 관직을 담당하도록 변해갔습니다. 약 10만의 관직은 이제 선거 때마다 희생되는 먹이가 아니며 연금이 붙고 임용

조건으로서 자격증명서가 필요하게 되었습니다. 이리하여 엽관제는 서서히 후퇴하지 않을 수 없었으며 그와 함께 아마도 정당의 지도방법도 변해갈 것입니다. 다만 그것이 어떻게 변할지 이것만은 아직 알 수 없는 것입니다.

'독일'에서는 지금까지 대체로 다음과 같은 것이 정치 운영의 결정적인 조건이었습니다.

첫째는 의회의 무력이라는 현상으로 그 때문에 독일에서는 오랜 세월 동안 지도자의 자질을 가진 인간이 의회에 들어가지 않았습니다. 그들이 의원을 목표로 삼았다한들 도대체 의회에서 무엇을 할 수 있겠습니까. 관청에 빈 자리가 생겼을 때 그곳의 장관에게 이렇게 말할 수는 있었습니다. "실은, 내 선거구에 대성할 수 있는 남자가 있네. 적임자라고 생각하는데 자네가 한번 써보지 않겠나?" 그리고 이런 일은 흔히 있는 일이었습니다. 그러나 독일의 의원이 자신의 권력본능을 만족시키기 위해 할 수 있는 일이라면 기껏해야 이 정도였습니다.

의회의 무력을 낳게 한 조건으로서 다음의 두번째 사항이 추가되었습니다. 그것은 전문적으로 훈련된 관료층이 독일에서는 압도적인 중요성을 가지고 있었다는 사실입니다. 그 점에서 독일은 세계의 톱 클래스입니다. 이러한 관료층이 중요성을 지니고 있었기 때문에 결과적으로 독일의 전문관료는 각료의 지위까지 요구하게 되었습니다. 작년의 일인데 바이에른 주의회에서 의회제의 강화문제를 토의하던 중 만일 의원을 장관으로 기용한다면 앞으로 유능한 인재는 관리가 되지 않을 것이라는 내용의 발언이 있었습니다. 게다가 독일의 관료행정은 영국에서 위원회 토론을 통해 행해지는 것과 같은 컨트롤을 제도적으로 회피하고 있었기 때문에, 잘 제어할 수 있는 행정장관을 의회 내부에서 양성하는 것도— 약간의 예외를 제외하고— 불가능했습니다.

셋째로, 독일에는 미국과 달리 정치상의 '주의'를 가진 정당이 존재했습니다. 이 정당들은 적어도 주관적으로는 매우 진지하게 우리 당의 당원은 일정한 '세계관'의 신봉자라고 주장했습니다. 그중에서 가장 중요한 것은 카톨릭중앙당과 사회민주당으로, 어느 쪽이든 창당 이래 소수당으로 각각의 목표가 있었습니다. 제국 중앙당 간부는 "우리들은 의회주의를 반대한다, 의회주의가 되면 우리들은 소수당이 되며, 지금까지 해온 것처럼 정부에 압력을 가해 엽관자에게 자리를 나눠주는 것도 어려워지기 때문이다"라고 거리낌없이 공언하였습니다. 사회민주당 쪽도 기존의 정치적 부르주아 질서에서 몸을 더럽히고 싶지 않다는 이유 때문에 원칙적으로 소수당이며, 독일 의회제도의 강화를 방해

했습니다. 이 두 정당이 의회제에 등을 돌렸다는 사실은 독일에서 의회주의를 불가능하게 했던 것입니다.

이때 독일의 직업정치가는 어떠했을까요? 그들은 권력도 없고 책임도 지지 않았으며, 명망가로서 어찌됐건 대수롭지 않은 역할만을 수행했다. 그 때문에 이들은 어디서나 볼 수 있는 전형적인 파벌 본능에 끊임없이 매달렸습니다. 미미한 직함에 살아가는 보람을 느끼는 이들 명망가 중에는 아직 그들과 다른 종류의 사람이 등장할 때는 아니었습니다. 지도자의 자질을 갖고 있으면서 이 때문에 명망가들로부터 백안시당하고 비극적인 정치생활을 보낸 사람들은 어느 정당이나 있었으며, 사회민주당도 물론 예외는 아니었습니다.

독일의 모든 정당은 이러한 명망가 길드를 향한 발전의 길을 더듬어 갔습니다. 예를 들면 사회민주당의 베벨은 뛰어난 지성의 소유자는 아니었지만 그의 정열과 순수한 성격으로 볼 때 역시 지도자라 할 수 있었습니다. 순교자이며 대중의 신뢰를 (그들의 눈으로 볼 때) 결코 배반하지 않았다는 점에서 대중의 절대적인 지지를 얻었고, 정면으로 그를 반대할 수 있을 만한 당내 세력도 존재하지 않았습니다. 그런데 베벨의 사후 이 상태는 종말을 고하고 관료지배가 시작되었습니다. 노동조합 관료, 당서기, 저널리스트가 출세하고 관료주의가 당내에 만연하게 되었습니다. 물론 이는 전례없이 고결한 관료층— 특히 뇌물이 횡행하는 미국의 노동조합 관료를 생각하면 세상에서 찾아보기 어려울 정도로 고결한— 이기는 했지만 관료지배의 등장에 따라 앞에서 언급한 대로 관료지배(관료행정)에 수반되는 온갖 결과가 정당 내부에도 나타나기 시작했습니다.

부르주아 정당은 1880년 이후 완전히 명망가 길드가 되었습니다. 이런 정당에서도 때로는 당 밖의 인텔리를 선전 목적으로 이용하고 누구누구는 우리 당과 한편이다라고 말할 필요는 있었습니다. 그러나 이런 사람들을 선거에 내세우는 것은 되도록이면 피했으며 부득이한 경우에만 입후보시켰습니다.

의회에도 동일한 정신이 지배하였습니다. 독일의 의회 정당은 예나 지금이나 길드입니다. 제국의회 본회의에서 행해지는 연설은 모두 당내에서 사전에 철저하게 검토됩니다. 이는 연설이 몹시 지루하다는 사실에서도 알 수 있습니다. 연설자로서 미리 지명되지 않은 자는 발언할 수 없습니다. 영국과 프랑스의 관례— 그 유래는 양국이 정반대지만— 와 비교할 때 이처럼 대조적인 점은 거의 찾아볼 수 없습니다.

독일에서는 지금 패전이라는 크나큰 붕괴— 항간에서는

보통 혁명으로 부르고 있다— 의 결과로서 하나의 전환이 진행 중입니다. 우선 새로운 정당장치의 맹아가 나타나고 있는데 그 첫째가 '아마추어 장치'입니다. 특히 각 대학의 학생에게 나타나는 경우가 많은데 자신들이 지도자 자질이 있다고 점찍은 사람에게 "필요한 일은 우리들이 돕겠습니다. 아무쪼록 그것을 끝까지 완수해주십시오"라고 자청합니다. 두번째는 '프로 장치'로 지도자 자질을 인정한 사람을 찾아가서 확정된 금액과 교환조건으로 운동을 떠맡겠다고 자청하는 경우입니다— 순수하게 정치적·기술적인 관점에서 볼 때 이 두 가지 장치 가운데 어느 쪽이 믿음직스럽다고 생각하느냐고 여러분들로부터 질문을 받았다면 나는 틀림없이 후자를 택할 것입니다. 그러나 어느 쪽이든 갑자기 부풀어올랐다가 순식간에 사라지는 거품현상과도 같은 것이었습니다. 기존의 장치는 그 동안 교체가 있었다 해도 활동을 계속하고 있었습니다. 위의 현상은 지도자만 있었다면 아마도 새로운 장치가 생겨났을 것이라는 하나의 징후에 불과했던 것입니다. 그러나 지도자의 대두는 새로이 채용된 비례선거법의 기술상의 특성에서 볼 때도 기대할 수 없게 되었습니다. 불과 두세 명 정도의 가두 독재자가 탄생했다가 금세 없어진 데 불과할 뿐입니다. 이 가두 독재자의 추종자만이 엄격한 규율로 조직되어 있었고 이것이 사라져가는 그들 소수파 세력의 근원이었습니다.

어쨌든 사정이 일변했다고 가정하면, 앞에서 언급했던 다음 사항만은 명심해둘 필요가 있습니다. 인민투표적 지도자에 의한 정당지도는 추종자에게서 혼을 빼앗고 그들의 정신적 프롤레타리아화— 라고 말해도 좋음직한 사태— 를 현실적으로 초래했다는 것입니다. 지도자를 위한 장치로서 유용하려면 추종자는 맹목적으로 복종해야 하며 미국적인 의미에서의 기구— 명망가의 허영심과 자기 주장으로 고장을 일으킨다거나 하지 않는 기구— 여야만 합니다. 링컨의 당선은 정당조직의 이러한 성격에서 비로소 가능했으며, 앞에서 언급한 글래드스턴의 경우도 코커스 중에 동일한 요소가 있었던 것입니다. 이것이야말로 지도자에 의한 지도에 대하여 지불되는 당연한 대가입니다. 그런데 기껏해야 길은 두 가지밖에 없습니다. '기구'를 수반하는 지도자 민주주의를 택할 것인가, 아니면 지도자 없는 민주제, 즉 천직이 아니며 지도자의 본질을 이루는 내적·카리스마적 자질을 갖지 않은 '직업정치가'의 지배를 선택하는가 입니다. 그리고 후자는 당내 반대파로부터 흔히 '파벌'지배라고 호칭되는 것입니다. 현재 독일에는 이것밖에 없습니다. 그리고 장래에도, 적어도 국가 차원에서는 이런 현상의 존속이 유리합니다. 왜냐하면 어차피 그곳에서는 연방참의원이 부활하고 제국의회의 권력, 더 나아가서는 지도자 선출의 장소로서의 의회의 중요성을 제한할 것이 틀림없기 때문입니다.

또 하나의 문제는 비례선거법으로 현재의 형태는 전형적인 지도자 없는 민주제입니다. 비례선거법은 관직 임명권을 둘러싸고 명망가들의 뒷거래를 조장할 뿐만 아니라 이후 각종 이익단체가 자신들의 구성원을 후보자 리스트에 강제로 집어넣고, 진정한 지도자가 의회에 들어설 기회가 없는 정치부재의 의회로 만들어버릴 염려가 있다는 것입니다. 그렇게 되면 의회가 아니라 인민투표에 의해 선출된 대통령만이 지도자에 대한 기대를 채우는 유일한 안전판이될 것입니다. 예를 들면 미국에 흔히 있는 거대한 지방자치단체에서 진정으로 부패를 퇴치하려 할 경우 인민투표에의해서 선출되고 자신의 근무처를 자주적으로 편성할 권한을 가진 강력한 시장이 나오게 되는데 실적본위의 지도자는 오히려 이러한 때 탄생되는 것입니다. 아울러 그렇게 되면 이 같은 선거에 초점을 맞춘 정당조직이 나올 것입니다. 그런데 독일에서는 어느 정당이든 지도자에 대한 매우 소시민적인 반감이— 특히 사회민주당을 포함해서— 남아있어서 장래의 정당 형성의 방법에 관해서나 지금 언급한 현상변혁의 모든 찬스에 관해서도 아직은 전혀 짐작할 수 없는 형편입니다.

때문에 직업으로서의 정치는 이제부터 외관상 어떤 형태로 운영되며 또 정치적 재능을 타고난 인간이 앞으로 어떠한 길을 선택하면 보람있는 정치적 역할의 기회를 얻을 수 있을 것인가 하는 문제에 대해서도 아직은 전혀 예상할 수 없습니다. 재산상태 때문에 어쩔 수 없이 정치에 '의해' 살아왔던 인간의 경우, 필시 이후에도 다음과 같은 코스를 선택할 것입니다. 전형적인 직선 코스로는 저널리즘이나 정당직원, 그렇지 않으면 노동조합·상업회의소·농업회의소·수공업회의소·노동회의소·사용자 단체와 같은 이익대표나 아니면 지방자치단체의 적당한 지위를 선택할 것입니다. 정치 경영의 외적인 측면에 관해서는 이 이상 추가할 것도 없지만 한 가지 더 말할 수 있는 것은 저널리스트나 정당직원도 항간에서는 '무뢰한'이라는 오명을 뒤집어쓰고 있다는 사실입니다. 이쪽에서는 '글을 팔아 먹는 사람', 저쪽에서는 '고용된 변사'라는 말을 들을지도 모릅니다. 이런 말을 노골적으로 듣지 않더라도 유감이지만 그런 소문은 끊임없이 그의 귀에 들어올 것입니다. 따라서 이에 대하여 정신적인 방어를 할 수 없는 인간, 자기 스스로에게 적절한 대답을 할 수 없는 인간은 이러한 직업에 손을 대지 않는 것이 좋을 것입니다. 이런 직업에는 어떤 경우라도 중대한 유혹이 따라다니며 또 끊임없이 실망을 맛보게 되기 때문입니다.

그런데 이런 직업은 어떠한 내면적 기쁨을 줄 수 있다고 생각하십니까? 또 이런 직업에 몸을 던진 인간에게는 어떠한 개인적 전제조건이 필요한 것일까요?

그런 직업이 주는 제일 첫번째 사항은 '권력감정'입니다. 형식적으로는 대단한 지위도 아닌 직업정치가일지라도 자신은 지금 타인을 움직이고 있으며 그들에게 권력을 행사하고 있다는 의식, 특히 역사적인 중대사건 가운데 하나를 쥐고 있다는 감정에 의해 일상생활의 틀을 넘어버린 것 같은 일종의 흥분된 기분이 될 수 있는 것입니다. 그러나 이런 경우 도대체 어떤 자질을 갖춰야 이런 권력(개별적으로 볼 때 그것이 아무리 한정된 권력 일지라도)에 적합한 인간이, 또 권력에 따른 책임을 감당할 수 있는 인간이 될 수 있는 것인가라는 문제가 발생합니다. 여기에 이르러 우리들은 윤리적 문제의 영역에 들어서는 것입니다. 어떤 인간이 역사의 수레바퀴에 일조를 가하는 자격이 있는 것일까 하는 문제는 확실히 윤리적 문제에 속한다고 할 수 있습니다.

정치가에 있어서는 정열, 책임감, 판단력의 세 가지 자질이 특히 중요하다고 말할 수 있습니다.

여기서 정열이라는 것은 '사물의 상태에 즉응(卽應)한다'

는 의미에서의 정열, 즉 사물의 상태 업무, 대상, 문제, 현실
에 대한 정열적 헌신이며 그 '상태'를 다스리고 있는 신 내
지 데몬(수호신)에 대한 정열적 헌신을 말하는 것입니다. 그
것은 지금은 고인이 된 나의 친구 조지 지멜이 평소에 '불모
의 흥분'이라고 불렀던 그런 정신상태는 아닙니다. 인텔리,
특히 러시아의 인텔리(물론 전부는 아닙니다) 중 특정한 유형
에게서 볼 수 있는— 지멜의 표현이 꼭 맞는— 태도, 또 현
재 '혁명'이라는 자랑스런 이름으로 장식된 광란의 소용돌
이 속에서 독일의 인텔리 사이에서도 위세를 부리고 있는
정신태도, 그런 것은 덧없이 사라져가는 '지적 광대의 로맨
티시즘'이며, 일에 대한 일체의 책임이 결여된 태도라고 말
할 수 있습니다. 실제로 아무리 순수하게 느껴진 정열이라
도 단순한 정열만으로는 충분할 수 없습니다. 정열은 그것
이 '일'을 향한 봉사로서 '책임성'과 결합하고, 이것이 행위
의 결정적인 규범을 만드는 표준이 되었을 때 비로소 정치
가를 만들어내는 것입니다.

　그리고 이를 위해서는 판단력(이것은 정치가의 결정적인 심리
적 자질이다)이 필요합니다. 즉 정신을 집중하여 냉정함을 잃
지 않고 현실을 있는 그대로 받아들이는 능력, 요컨대 사물
과 인간에 대하여 '거리를 두고 관찰하는 것'이 필요합니다.
'거리를 상실해버리는 것'은 어떠한 정치가일지라도 그것만

으로도 큰 죄의 하나인 것입니다. 독일의 햇병아리 인텔리들 사이에서 이런 경향이 자라난다면 그들의 장래는 정치적 무능력을 선고받은 것과 동일한 의미입니다. 실제로 타오르는 정열과 냉정한 판단력의 두 가지를 어떻게 하면 하나의 혼 속에 단단히 붙들어 맬 수 있느냐가 바로 문제입니다. 정치는 머리로 하는 것이며, 신체와 정신의 다른 부분으로 행하는 것이 아닙니다. 그렇기는 하나, 만일 정치가 경박한 지적 유희가 아니라 인간으로서 진지한 행위여야 한다면 정치를 향한 헌신은 정열로부터만 생겨나고 정열에 의해서만 자라날 수 있습니다. 그러나 '거리'에 대한 능숙함 — 모든 의미에서— 이 없으면 정열적인 정치가를 특징짓고, 게다가 그를 불모의 흥분에 취한 단순한 정치적 딜레탕트와 구분하는 저 강인한 혼의 억제도 불가능하게 됩니다. 정치적 인격의 강인함은 어찌됐든 이러한 자질을 소유하는 것입니다.

그러므로 정치가는 자신의 내부에 자리잡은 지극히 평범한, 너무도 인간적인 적을 부단히 극복해가야 합니다. 이런 경우의 적이라는 것은 극히 천박한 '허영심'을 말하며 이것이야말로 일체의 몰주관적인 헌신과 거리— 이 경우 자기 자신에 대한 거리— 에 있어서 치명적인 적이라 할 수 있습니다.

허영심은 흔히 볼 수 있는 성질로서, 이것이 전혀 없는 사람은 찾아보기 어렵습니다. 그리고 대학과 학자의 세계에서 허영심은 일종의 직업병이 되어 있습니다. 다만 학자의 경우에는 그 표현방법이 아무리 역겹다 할지라도 보통 학문연구에 방해가 되지 않는다는 의미에서 비교적 무해하다 할 수 있습니다. 그러나 정치가의 경우에는 그렇지 않은 경우가 많습니다. 정치가의 활동에는 불가피한 수단으로서 '권력'의 추구가 따라다니기 때문입니다. 그런 의미에서 '권력본능'은 정치가에게 있어서 사실상 평범한 자질의 하나입니다— 그런데 이 권력추구가 오로지 '본연의 업무'에 종사하는 것이 아니라 정도에서 벗어나 순 개인적인 자기도취의 대상이 될 때, 이 직업의 신성한 정신에 대한 모독이 시작되는 것입니다. 왜냐하면 정치의 영역에 있어서 큰 죄는 결국 업무의 본질에 충실하지 않는 태도와 또 하나— 그것과 언제나 동일하지는 않지만 종종 동일하게 나타나는 — 무책임한 태도로 좁혀질 수 있기 때문입니다. 허영심이라는 것은 자신의 존재를 될 수 있는 대로 남의 눈에 띄도록 드러내고 싶은 욕망을 말하며 이것이 정치가를 가장 강력히 유혹해서 두 개의 큰 죄 가운데 하나 또는 양쪽 모두를 범하게 만드는 것입니다. 데마고그는 '효과'를 계산하지 않으면 안 되는 만큼 여기에 빠지게 될 위험도 큽니다. 즉,

연기자가 되거나 자신의 행위의 결과에 대한 책임을 안이하게 생각하거나 자기가 주는 인상만을 염려하는 등의 위험에 부단히 노출되어 있습니다.

데마고그의 태도는 정치의 본질에 적합하지 않기 때문에 본래의 권력 대신 권력의 화려한 외관을 구하고, 또 그 태도가 무책임하기 때문에 실질적인 목적을 하나도 갖고 있지 않으며, 단지 권력을 위한 권력만을 향수하기가 쉬운 것입니다. 권력은 모든 정치의 불가피한 수단이며 따라서 모든 정치의 원동력이기 때문에 권력에 빌붙어 벼락출세한 자의 호언장담이나 권력에 탐닉하는 나르시즘, 즉 순수한 권력숭배만큼 정치의 힘을 타락시키고 왜곡시키는 것은 없다고 하겠습니다. 단순한 '권력정치가'— 이러한 인간을 떠받드는 의식이 독일에서도 열심히 거행되고 있다— 의 활동은 화려할지도 모르지만, 실제로는 공허하고 무의미한 것으로 끝나버리기 쉽습니다. 그 점에서 '권력정치'의 비판자가 하는 말은 전적으로 옳다고 하겠습니다. 이러한(권력정치적) 심정의 전형적인 소유자가 별안간 정신적으로 무너져버린 실례를 볼 때마다 나는 그들의 우쭐대는 그러나 공허한 제스처의 배후에 어떠한 정신적인 연약함이 숨어 있는가를 체험할 수 있었습니다. 그들의 공허한 제스처는 인간의 행위의 '의미'에 대한 매우 빈약하고 대단히 천박한 거만함— 일체의 행위, 그중에서도 정치행위를 실제로 그 의미 속에 끌어들이고 있는 비극성에 관해 무엇 하나 아는 바가 없는 거만함— 의 산물입니다.

정치행위의 최종결과가 가끔씩, 아니 필연적으로 당초의 의도와는 상당한 차이가 있고, 때로는 정반대가 된다는 것은 전부 사실이며— 지금 그런 문제에 대해 상세하게 증명할 여유는 없지만— 모든 역사의 근본적 사실입니다. 그러나 그렇다고 해도 행위에 있어서 내적인 지주가 필요한 이상 본래의 의도, 즉 어떤 '일'에 대한 봉사 따위는 없어도 된다는 의미는 아닙니다.

그런데 정치가가 그 때문에 권력을 구하고 권력을 행사함에 있어서의 일이 어떠한 것이어야 하는가는 신앙의 문제라고 할 수 있습니다. 정치가가 봉사하는 목표는 국민적인 것도 있으며 인류적인 것도 있습니다. 또한 사회적으로 윤리적인 것도 있고 문화적인 것도 있고 현세적 또는 종교적인 것도 있습니다. 진보— 그것이 어떤 의미든— 에 대한 확신 위에 서 있는 것도 있으며 이런 종류의 신앙을 냉정히 거부하는 것도 있습니다. 어떤 '이념'에 대한 봉사를 간판으로 내건 경우도 있으며, 역으로 이러한 요구를 원칙적으로 물리치고 일상생활의 작은 목표에 봉사하려는 경우도 있습니다— 그러나 어느 것이든 그곳에는 모종의 신앙이 없으면 안 됩니다. 그렇지 않으면 표면상으로 아무리 빛나는 정치적 성공도 피조물 특유의 저주받은 운명인 공허함을 면하기 어렵게 될 것입니다.

여러 가지 이야기를 하는 사이에 우리들은 어느새 오늘 저녁 우리와 관계 있는 최후의 문제인 '업무'로서의 정치의 에토스(특성)에 대하여 논의하려고 하고 있습니다. 무릇 정치라는 것은 그것이 지향하는 목표와는 완전히 별개로 인간생활의 윤리적인 경영 전체 속에서 어떠한 사명을 완수할 수 있다고 생각하십니까? 다시 말해서 정치가 그 고향으로 삼아 정착해야 할 장소는 어디에 있을까요? 물론 그곳에서는 궁극적인 세계관이 서로 충돌하므로 우리들로서는 결국 그중의 어느 하나를 '선택'하지 않으면 안 되는 셈입니다. 그러면 최근 들어— 내 생각으로는 완전히 그릇된 방법으로— 재연되고 있는 이 문제에 대하여 충분히 검토해보기로 합시다.

우선, 이 문제를 둘러싸고 발생하는 아주 흔한 왜곡된 논의를 제거하고 시작하도록 합시다. 왜냐하면 당면한 이 윤리가 도덕적으로 매우 곤란한 역할을 떠맡으면서 등장하는 일이 있기 때문입니다.

예를 들어봅시다. 어떤 남성의 애정이 A라는 여자에로

부터 B라는 여자에게로 옮겨갔을 때, 문제의 남성이 A라는 여자는 애정을 줄 가치가 없으며 그녀는 자신을 실망시켰다든가 기타 이와 비슷한 '이유'를 늘어놓으면서 슬그머니 자기변명을 하는 경우는 흔히 있는 일입니다. 그가 A라는 여자를 사랑하지 않고 A라는 여자가 이 사실을 참고 견뎌야 한다는 것은 확실히 있는 그대로의 운명입니다. 그런데 그 남자가 이 같은 운명에다가 비겁하게 '정당성'이라는 이름으로 덧칠을 하면서 자신의 정당함을 주장하거나 그녀에게 현실의 불행뿐만 아니라 그 불행의 책임까지 전가시키려 한다면 그것은 기사도 정신에 어긋나는 것입니다. 삼각관계에서 승리한 남자가, "그놈은 틀림없이 나보다 형편없는 녀석이었다. 그렇지 않으면 질 리가 없다"고 우쭐거리며 큰소리치는 경우도 그렇습니다.

전쟁이 끝난 뒤, 그 승리자가 자기 쪽이 옳았으니까 승리한 것이라며 품위도 없이 독선적인 주장을 뻔뻔하게 하는 경우도 물론 마찬가지입니다. 아니면 전쟁의 공포로 얼이 빠진 인간이, 자기는 도저히 견딜 수가 없었다고 솔직히 고백하는 대신, 도의적으로 옳지 못한 목적을 위해 싸워야 했기 때문에 참을 수가 없었다면서, 전쟁 혐오감이란 속임수로 슬그머니 자기변호를 하는 경우도 그렇습니다. 이 같은 일은 패배자의 경우도 동일한데 남자답게 준엄한 태도를 취하는 자라면— 전쟁이 사회구조 때문에 일어난 것인 데도— 전쟁이 끝난 뒤 '책임자'를 추궁하는 따위의 어리석은 일 대신, 적을 향해 이렇게 말할 것입니다. "우리는 전쟁에 졌고, 당신들은 이겼다. 자! 결론은 났다. 한편으로는 전쟁의 원인이 되기도 했던 '실질적'인 이해관계를 따져보고, 다른 한편으로는 전승자가 떠맡은 '장래'에 대한 책임도 고려해보면서(이것이 중요한 점으로), 어떠한 결론을 이끌어내야 하는지 함께 의논해보지 않겠는가?" 이 이외의 말은 모두 품위 없고 화근을 남길 뿐입니다. 국민들은 이익의 침해는 용서할 수 있어도 명예의 침해, 그중에서도 설교조의 독선에 의한 명예의 침해만은 결코 용서하지 않을 것입니다. 전쟁의 종결에 따라 적어도 전쟁의 '도의적'인 매장은 끝난 셈인데 수십 년 뒤 새로운 문서가 공개될 때마다 품위 없는 비명과 증오와 분노가 재연되어 왔습니다. 전쟁의 도의적 매장은 현실에 순응하는 태도와 기사도정신, 특히 '품위'에 의해서만 가능합니다. 이른바 '윤리'(자기변호의 윤리)에 의해서는 절대로 불가능한 것입니다. 이런 경우의 '윤리'라는 것은 사실상 양쪽 모두의 품위가 결여된 것을 의미합니다.

정치가에게 있어서 가장 중요한 것은 장래와 장래에 대한 책임입니다. 그런데 '윤리'는 이를 고려하는 대신, 해결 불가능이니까 정치적으로도 무익한 과거의 책임문제를 추

궁하는 것에만 골몰하는 것입니다. 정치적인 죄라는 것은
— 만일 그러한 것이 있다면— 이런 태도를 말하는 것입니
다. 게다가 그러한 때, 승자는 도의적, 물질적으로 최대한
의 이익을 얻으려 하고 패자에게도 죄의 참회를 이용하여
유리한 정세를 차지하려는 꿍꿍이속이 있기 때문에, 이러
한 지극히 물질적인 이해관계로 문제 전체가 불가피하게
왜곡된다는 사실마저도 간과되어버립니다. '비천함'이라는
것은 바로 이런 태도를 지적하는 말이며 이는 '윤리'가 '독
선'의 수단으로서 이용된 결과입니다.

그러면, '윤리'와 '정치'의 관계는 실제로 어떠한가요? 가
끔씩 논의되는 것처럼 이 둘 사이에는 전혀 관계가 없는 것
은 아닐까요? 아니면 역으로 정치행위에도 다른 모든 행위
의 경우와 동일한 윤리가 적용된다고 보는 것이 옳은 것인
가요?

이 두 가지 주장 사이에는 흔히 이쪽이 옳은가 아니면 저
쪽이 옳은가 하는 절대적인 양자택일 관계가 존재한다고
생각했습니다. 그러나 이 세상의 어느 하나의 윤리에 기초
하여 만들어진 규정인 연애·상업·가족·관청 등의 관계에 대
해서도 상대방이 아내·야채가게의 여주인·자식·경쟁자·친
구·피고로 바뀌어도 내용상으로는 언제나 '동일하다'고 하
는 것이 과연 사실일까요? 정치가 권력— 그 배후에는 '폭

력'이 준비되어 있다— 이라는 극히 특수한 수단을 이용하여 운영된다는 사실은, 정치에 대한 윤리적 요구에 있어서 정말로 뭐든지 다 괜찮다는 것이라고 생각하십니까? 볼셰비즘과 스파르타쿠스단(團)[18]의 관념론자들도 그들이 행사하는 이러한 정치수단 때문에 군국주의적 독재자와 전적으로 동일한 결과를 초래했다는 사실을 우리가 눈치채지 못하고 있는 것은 아닐까요? 권력을 장악한 자의 인품과 딜레탕티즘이라는 점을 제외하고 노병평의회의 지배와 구제도 아래서 임의의 권력자의 지배는 도대체 어디가 다른 것일까요? 이른바 새로운 윤리의 대변자들 대부분이, 자신들이 비판하는 적에 대해 행하는 항의는 데마고그의 적에 대한 항의와 어떤 점에서 차이가 있는 것일까요? 고귀한 의도라는 점에 차이가 있다고 사람들은 말할지도 모릅니다. 좋습니다.

그러나 여기서 문제되는 것은 수단이라고 할 수 있습니다. 궁극적으로 고귀한 의도라면, 그들이 공격하는 적 쪽에서도 주관적으로는 완전한 성실함을 가지고 동일하게 주장

---

18 독재 공산당의 전신. K.리히프네히드, R.룩셈부르크 등에 의해 제1차 대전 중에 결성된 독일 사회민주당 극좌파의 비합법 그룹. 1918년 11월 혁명(독일혁명)에서 중요한 역할을 담당하였으나, 1919년 1월 5일부터 14일에 걸친 무장봉기('스파르타쿠스 주간')는 다수파 사회민주당 정부군에 의해 탄압되었다.

하고 있을 것입니다. 게다가 '칼을 잡은 자는 칼로써 망하는 것'(마태복음 제26장)이며, 투쟁은 어디에서 행해지든 결국 투쟁입니다. 그렇다면 '산상수훈(山上垂訓)'이 되는 것인가요? 산상수훈은 복음의 절대윤리이며, 오늘날 이 율법을 즐겨 인용하는 사람들이 생각하고 있는 것보다 좀더 엄숙한 문제라고 할 수 있습니다. 이것은 참으로 웃어넘길 일이 아닙니다. 과학에 있어서 인과법칙이라는 것은 마음대로 세우고 자유로이 타고내릴 수 있는 정거장이 아니라고 말해왔는데, 산상수훈에 관해서도 동일하게 말할 수 있습니다. 일체인가 무(無)인가? 만약 진부한 것과는 다른 의미가 거기서 나온다면 이것이야말로 산상수훈의 의미라고 할 수 있습니다. 예를 들면 '부자 청년은 이 말씀을 듣고 근심에 빠져 돌아갔다. 재산이 많았기 때문이다'(마태복음 제19장)라는 말이 되는 것입니다. 복음의 율법은 무조건적이며 애매함을 허락하지 않습니다. 네가 가진 것을 '모두' 그대로 주라는 것입니다. 이에 대하여 정치가는 다음과 같이 말할 것입니다. "복음의 율법은 모든 사람이 쉽게 달성할 수 있는 것이 아닌 이상, 사회적으로는 무의미한 요구다. 그러니까 과세, 특별이득세, 몰수 등 만인에 대한 강제와 질서가 필요한 것이다"라고 말입니다. 그러나 윤리적 율법은 그러한 것을 '전혀' 문제삼지 않으며 여기에 바로 율법의 본질이 있습

니다. 아울러 율법에는 '너의 왼 뺨을 내밀어라!'(마태복음 제
5장)로 되어 있는데 도대체 타인을 때릴 권리가 있는 것인
가라는 것은 일체 묻지 않고 무조건 뺨을 내미는 것입니다.
이것은 성인군자가 아닌 한 굴욕의 윤리인 것입니다.

　사람은 '매사'에 있어서 적어도 의지상으로는 성인(聖人)
이 아니면 안 됩니다. 그리스도처럼, 사도처럼, 성 프란체
스코처럼 살아야만 합니다. 이것이 율법의 의미입니다. 이
를 실천했을 때 윤리는 의미 있는 것이 되며 (굴욕이 아닌) 품
위의 표현이 되는 것입니다. 그렇지 않을 때는 그와 반대라
고 할 수 있습니다. 왜냐하면 무차별적인 사랑의 윤리를 관
철해가면 '악인에게도 힘으로써 저항하지 마라'가 되지만,
정치가에게는 이와 반대로, '악인에게는 힘으로써 저항하
라, 그렇지 않으면 너는 악의 지배에 대한 책임을 지게 될
것이다'라는 명제가 되기 때문입니다. 복음의 윤리에 따라
행동하려는 자는 동맹파업을 그만두고— 왜냐하면 파업은
강제이므로— 어용조합에 가입하는 것이 좋습니다. 그러
나 '혁명'을 입에 담는 것만은 참으십시오. 설마 복음의 윤
리가 내란만이 유일하고 정당하다는 따위의 설교를 했을
리는 없기 때문입니다. 성서에 따라 행동하는 평화주의자
는 이 전쟁을, 따라서 (일체의 전쟁을) 종결시키기 위해— 독
일 국내에서 권장됐던 것처럼— 윤리적 의무로서 무기를

들고 나가 싸우는 것을 거부하거나 포기할 것입니다. 이에 대해 정치가는 '당분간' 전쟁의 신용을 상실시키는 유일하고 확실한 방법은 현상동결의 강화라고 말할 것입니다. 만일 그렇다면 도대체 무엇을 위한 전쟁이라고 할 수 있을까요? 이 전쟁에서 싸웠던 각 국의 국민들은 의아해 할 것입니다. 그리고 전쟁은 분명히 의미도 없이 일어났던 것이 되는 셈입니다. 그러나 무의미한 전쟁— 그런 일은 이제 있을 수 없습니다. 현실의 전승자에게 적어도 그 일부분에 있어서 전쟁은 정치적으로 이익이 됐던 셈이니까. 그리고 그렇게 된 책임을 논하자면 우리에게 일체의 저항을 금지시킨 문제의 그 태도에 있었습니다. 이윽고 피폐의 시기가 지나고 신용을 잃는 것은 전쟁이 아니라 평화 쪽이 될 것입니다. 그리고 이것은 절대윤리의 결과 중의 하나인 것입니다.

　마지막으로 진실을 말할 의무라는 문제입니다. 절대윤리에 있어서 이것은 무조건적인 것입니다, 즉 일체의 문서, 특히 자국에 불리한 문서도 모두 공표하고, 이 일방적인 공표에 기초하여 일방적, 무조건적으로 결과를 생각하지 말고 범죄를 고백해야 한다는 것이 거기서 끌어낸 결론입니다. 그러나 정치가라면 이러한 방법에 의해서는 결국 진실을 밝힐 수 없고 격정의 남용과 폭발에 의해 확실히 은폐되어버릴 것입니다. 따라서 중립적인 제3자의 주도에 의한

계획적인 사실의 확인작업만이 유효하며, 그 이외의 방법
은 국민에게 수십 년이 걸려도 회복할 수 없는 결과를 가져
올 것입니다. 그런데 '결과' 따위는 대개 문제삼지 않는 것
이 이 절대윤리입니다.

'여기에' 결정적인 문제점이 있는 것입니다. 우선 우리
가 명심해야 하는 것은, 윤리적으로 방향이 정해진 모든
행위는 근본적으로 상이한 조정이 불가능할 정도로 대립
하는 '두 개'의 준칙 아래 성립할 수 있다는 것 '심정윤리
(Gesinnungsethik)적'으로 방향이 정해진 경우와, '책임윤리
(Verantwortungsethik)적'으로 방향이 정해진 경우가 있다는
점입니다. 심정윤리는 무책임하고 책임윤리는 심정이 결
여됐다는 의미는 아닙니다. 그러나 사람이 심정윤리라는
준칙 아래서 행위— 종교적으로 말하면 예수를 믿는 자는
선을 행하며, 결과를 신에게 맡긴다라는 방식으로— 하는
가 아니면 사람은 (예견 가능한) '결과'에 대한 책임을 져야 한
다는 책임윤리의 준칙에 따라 행위하는가는 끝이 없을 정
도로 깊은 대립이 있습니다.

확신을 가진 심정윤리적 생디칼리스트(노동조합중심주의
자)에게, 당신 행위의 결과는 반동의 기회를 증가시키고, 당
신의 계급에 대한 압박을 강화하며, 계급의 상승을 방해할
것이라고 설명해도 그에게는 아무런 감명도 주지 못할 것

입니다. 생디칼리스트는, 순수한 심정에서 나온 행위의 결과가 나쁠 경우 그 책임은 행위자가 아니라 세상 쪽에— 타인의 어리석음이나 이러한 인간을 창조한 신의 의지에— 있다고 생각합니다.

책임윤리가는 이와 반대로 인간의 평균적인 결함을 계산에 넣습니다. 요컨대 그에게는 피히테가 적절하게 표현한 것처럼 인간의 선함과 완전성을 전제하여 행동할 권리는 없고, 자신의 행위의 결과가 사전에 예견 가능한 이상 그 책임을 남에게 전가시킬 수는 없다고 생각합니다. 책임윤리가라면 이러한 결과는 분명히 자신의 행위에 책임이 있다고 말할 것입니다. 심정윤리가는 순수한 심정의 불길, 예를 들면 사회질서의 부정에 대한 항의의 불길이 사라지지 않게 하는 것에만 '책임'을 느낀다고 할 수 있습니다. 심정의 불길을 끊임없이 새롭게 타오르게 하는 것, 이것이 그의 행위— 일어날 수 있는 결과를 가지고 판단한다면 전혀 비합리적인— 의 목적입니다. 행위는 심정을 증거한다는 가치밖에 없고, 또 그래야 하는 것입니다.

그렇다고 해도 아직 문제는 끝나지 않은 것입니다. 이 세상의 어떠한 윤리라 할지라도 다음과 같은 사실, 즉 '선한' 목적을 달성하려면 우선 도덕적으로 의심스러운 수단, 적어도 위험한 수단을 사용해야 하며 좋지 못한 부작용의 가능성과 개연성까지 각오해야만 한다는 사실을 회피할 수 없을 것입니다. 또 윤리적으로 선한 목적이 어느 때, 어느 정도까지 윤리적으로 위험한 수단과 부작용을 '정당화'시킬 수 있는지도 거기서는 증명할 수 없습니다.

정치에 있어서 결정적인 수단은 폭력이라고 할 수 있습니다. 윤리적으로 볼 때 이 수단과 목적 사이의 긴장관계가 얼마나 중대한 문제를 내포하고 있는지는 잘 아시겠지만 혁명적 사회주의자들(Zimmerwald)이 전쟁이 한창일 때 선언한 원칙에서도 알 수 있을 것입니다. 그 원칙을 간결하게 공식화하면 다음과 같습니다— '몇년 더 전쟁이 지속되어 혁명이 일어나는 것과 지금 당장 강화조약을 체결하여 혁명이 일어나지 않게 하는 일 중 어느 쪽을 선택할 것인가 하는 문제가 되면 우리들은 몇 년 더 전쟁을 치르는 쪽을 선택한다.'

여기서 문제를 한 단계 더 진전시켜 '그러면, 그 혁명에 의해 무엇을 달성할 수 있다는 것인가?'라는 물음에 대하여 학문적 수련을 쌓은 사회주의자라면 다음과 같이 대답했을 것입니다. "우리가 생각하는 진정하게 사회주의적이라고 말할 수 있을 만한 경제로의 이행은 전혀 문제되지 않습니다. 봉건적 요소와 군주제의 유물만은 불식시킬 수 있어도, 결국은 부르주아 경제의 부활을 가져올 것입니다." 그렇다면 그들은 이 미미한 결과를 얻기 위해 몇 년 더 전쟁을 치르는 쪽을 선택한 것이 되는 셈입니다. 그렇게 되면, 아무리 견고한 사회주의적 신념을 가진 자라도 그 목적— 이런 정도의 수단까지 필요로 하는— 을 단연코 거부할지도 모릅니다. 볼셰비즘이나 스파르타쿠스주의, 그리고 어떠한 혁명적 사회주의 일지라도 이러한 사정은 동일한 것입니다. 자기와 동일한 수단을 사용했다고 해서 그들이 구제도의 '권력정치가'를 윤리적으로 비난하는 것은— 그 목적에 대한 그들의 거부가 아무리 정당한 것이라 해도— 물론 지극히 우스꽝스러운 이야기일 것입니다.

목적에 의한 수단의 정당화라는 문제에 이르러 심정윤리도 결국은 파탄을 면키 어려울 것입니다. 실제로 이 심정윤리에는— 논리적으로 규명하면— 도덕적으로 위험한 수단을 사용하는 일체의 행위를 거부하는 길 밖에 남은 것이 없습니다. 물론 논리상 그렇다는 것이며 현실의 세계에서는 심정윤리가 별안간 천년왕국과 같은 예언자로 급변하는 현상을 우리는 줄곧 경험하고 있습니다. 예를 들면 지금까지 '폭력에 대해서도 사랑을' 설법해왔던 사람들이 다음 순간에는 일변하여 폭력행사— '모든' 폭력의 절멸상태를 초래하는 '최후'의 폭력행사— 를 부르짖는 경우가 그것이며, 독일 장교가 출격할 때마다 병사들에게 "자! 이게 최후의 공격이다. 이로써 승리가 찾아오며, 마침내 평화가 온다"고 말했던 것과 흡사하다고 할 수 있습니다. 심정윤리가는 이 세상의 윤리적 비합리성을 참을 수 없습니다. 그는 우주론적인 윤리적 '합리주의자'입니다. 여러분 중에 도스토예프스키를 아시는 분이라면 이 문제가 정확히 전개되고 있는 '대심문관 장면'(《카라마조프가의 형제들》)을 기억할 수 있을 것입니다. 심정윤리와 책임윤리를 타협시키는 것은 불가능합니다. 또 가령 우리가 목적은 수단을 신성화한다는 원칙 일반을 어떤 형태로 확인했다고 해도 구체적으로 어떤 목적이 어떤 수단을 신성화할 수 있는지를 윤리적으로 결정하는 것은 불가능합니다.

내 동료인 웨르스터 교수─ 물론 정치가로서의 그는 무조건 거부하지만, 심정만큼은 의심할 바 없이 순수하며, 개인적으로는 나도 매우 존경하고 있습니다─ 는 그의 저서 속에서, '선에서는 선만이 생겨나고 악에서는 악만이 생겨난다'는 단순한 명제에 의해 방금 언급한 곤란을 회피할 수 있다고 믿고 있습니다. 만일 이 명제가 타당하다면 이러한 문제 전체가 처음부터 존재하지 않게 될 것입니다. 그러나 우파니샤드 이후 2천500년이나 지났는데도, 지금까지 이러한 명제가 이 세상에서 햇빛을 받을 수 있다는 사실은 참으로 놀라운 이야기라고 할 수 있습니다. 세계사의 전과정이 이와 반대되는 것을 말해주고 있을 뿐만 아니라, 일상의 경험을 면밀히 검토해보아도 역시 그럴 것입니다. 지상의 어떤 종교의 발전도 그 역이 진실이라는 사실 위에 기초하고 있습니다. 전능함과 동시에 자비심도 깊다고 생각되는 힘이 어째서 이처럼 부당한 고난, 처벌되지 않는 부정, 구제할 길이 없는 우둔함에 가득 찬 불합리한 이 세상을 창조한 것일까요? 이런 의문이야말로 신의론(神義論)의 가장 오랜 문제입니다. 이 힘에는 전능과 자비의 어느 쪽인가가 결여된 것인가? 아니면 인생을 지배하는 것은 이것과는 전연 별개의 형평의 원리와 인과의 원리— 그중 어떤 것은 형이상학적으로 해석할 수 있고, 어떤 것은 영원히 해석할 수 없다— 가 적용된다는 것인가? 이 문제, 즉 이 세상의 불합리성의 경험이야말로 모든 종교발전의 원동력이었습니다. 인도의 '업(業)'에 관한 교설, 페르시아의 이원론[19], 예정설, 원죄설, 감춰진 신[20]도 모두 이런 경험에서 나온 것입니다.

이 세상은 데몬이 지배한다는 사실, 그리고 정치에 손을 대는 인간, 즉 권력과 폭력성을 수단으로 하는 정치와 관계

---

19 3세기에 페르시아인 마니를 종조(宗祖)로 하여 기독교·불교·조로아스터교 등의 교의를 혼합해 만든 종교. 광명(선·신·정신)과 암흑(악·악마·육체)의 이원론을 설법하고 있다.

20 루터신학의 용어. 신은 사랑을 계시할 때도 이를 분노의 가면 아래 나타낸다는 뜻. 이 사고방식은 후일, 칼뱅의 '예정설'과 연결된다.

를 가진 자는 악마의 힘과 계약을 맺은 것이라는 사실, 또 선에서는 선만이, 악에서는 악만이 나온다는 사실은 인간의 행위에 있어서 결코 진실이 아니며, 종종 그 역이 진실이라는 사실, 이러한 것들은 고대 기독교도일지라도 너무나 잘 알고 있는 사실이었습니다. 이를 간파할 수 없는 인간이라면 정치의 기초도 모르는 미숙아일 것입니다.

종교윤리는 우리 인간이 각각 별개의 법칙에 의거하며 갖가지 생활질서 속에 섞여 있는 사실을 여러 가지로 합리화시켜 왔습니다. 그리스의 다신교는 아프로디테, 헤라, 디오니소스, 아폴론에게 똑같이 공물을 바쳤지만 이 신들이 종종 싸운다는 사실은 알고 있었습니다. 힌두교의 생활질서에서는 하나 하나의 직업이 '법'이라고 하는 특별한 윤리적 규범의 대상이 되며 여러 가지 직업이 카스트에 따라 영원히 차단되는 것과 동시에 전체가 엄격한 상하관계— 일단 그곳에서 출생한 자는 내세에서 다시 태어나는 것 이외에 빠져나갈 방법이 없는— 속에 편입되기 때문에, 최고의 종교적 구제와의 거리에도 직업에 따라 당연히 격차가 생겼습니다. 이리하여 힌두교의 생활질서에서는 고행자와 바라문에서부터 도둑과 창녀에 이르기까지 각각의 직업에 내재하는 고유법칙에 기초하여 각 카스트마다 법이 만들어지고, 정치와 전쟁도 그 생활질서 속에 포함되어 있었습니다. 전쟁이 생활질서 전체 속에 완전히 편입되어 있었다는 사실을 우리는 〈바가와드 기타〉 속의 크리슈나와 알쥬나의 대화에서 알 수 있을 것입니다. '전사 카스트의 법과 소속 카스트의 규칙에 기초하여 의무지어지고, 전쟁 목적에서 볼 때 객관적으로 필요한 일을 하라'

　요컨대 힌두교에서는 그렇게 하는 것이 종교적 구제에 방해가 되는 게 아니라 도움이 된다고 생각했던 것입니다. 인도의 전사는 전쟁에서 죽으면 인드라(영웅신)의 극락에 갈 수 있다고 굳게 믿고 있었습니다― 게르만의 전사가 와루 하라(사자의 전당)에 들어가는 것을 믿었던 것처럼 말입니다. 그러나 게르만 인이 천사의 합창대가 있는 기독교에서 말 하는 천국을 경멸했던 것처럼, 인도의 전사도 열반을 경멸 했음이 틀림없을 것입니다. 윤리가 이처럼 분화되어 있었 기 때문에 인도의 윤리에서는 정치의 고유법칙에 전적으로 따르기는커녕 이것을 끝까지 강조한― 가차없이― 통치기 술이 가능하게 되었습니다. 진정으로 급진적인 '마키아벨 리즘'― 통속적인 의미로서― 은 인도의 문헌 속에서는 카 우티루야의 《실리론》(이것은 크리스트보다 훨씬 앞선 찬드라 굽타 시대의 작품이라고 한다)에 전형적으로 나타나고 있습니다. 이 에 비하면 마키아벨리의 《군주론》 따위는 실없는 이야기라 고 할 수 있습니다.

조금 전에 말한 웨르스터 교수가 평소부터 가까이하던 카톨릭 윤리에서는 익히 아는 바와 같이 '복음적 권고 (Consilia evangelica)'[21]가 성스러운 생명의 은총을 받은 인간들을 위한 특별한 윤리로 되어 있습니다. 카톨릭의 윤리에서는 한 방울의 피도 흘리지 않고 또 어떠한 영리도 허락되지 않는 수도사와 신의가 깊은 기사와 시민이 있는데, 기사에게는 피를 흘리는 것이, 시민에게는 영리를 구하는 것이 허락되어 있습니다. 윤리에 등급을 두고 구제교의의 유기적 체계 속에 편입시킨다는 점에서는 인도만큼 철저하지는 않으나, 이것은 기독교 신앙에 순응하지 않으면 안 되었고 또 그것은 당연한 것이었습니다. 원죄에 의한 이 세상의 타락이라는 전제에 입각해서 윤리 속에 폭력행사의— 죄와 혼을 위태롭게 하는 이단자에 대한 교정수단으로서— 위치를 정하는 것은 비교적 용이했습니다. 그러나 순수하게 심정윤리적으로 무차별적인 산상수훈의 요청과 그 위에 서 있는 절대적 요청으로서의 자연법은 혁명적인 힘을 언제까지라도 계속 보유하며, 사회적 동요의 시대가 되면 거의 예외없이 불가항력적인 세력으로 모습을 나타내왔습니다. 특히 그것은 철저하게 평화주의적인 여러 교파를 탄생시켰

---

21 카톨릭 교회에서 복음서가 권유하는 윤리적 규범을 말한다.

고, 그중 하나는 펜실베이니아에서 대외적 폭력을 갖지 않
는 국가 건설의 실험으로 나타났습니다. 그러나 이 실험은
독립전쟁이 일어났을 때, 이 전쟁의 이상을 주장했던 퀘이
커가 이 이상을 위해 무기를 들고 일어설 수 없었다는 의미
에서는 비극적인 길을 걷게 되었습니다. 이와 반대로 보통
의 프로테스탄트는 국가를 따라 폭력이라는 수단을, 특히
정통적인 권위국가를 신이 창조해주신 제도로서 무조건적
으로 정당화했습니다. 루터는 개인을 전쟁에 대한 윤리적
책임으로부터 해방시키고 국가에 그 책임을 부담시켰으며
신앙 이외의 문제로 국가에 복종하는 것은 결코 죄가 되지
않는다고 설명했습니다. 칼뱅이즘에서는 다시 신앙을 옹
호하기 위한 수단으로서의 폭력인 종교전쟁이 원칙적으로
인정되어 왔습니다. 그러나 이 종교전쟁은 이슬람교에서
는 처음부터 본질적인 요소였습니다. 이처럼 정치윤리의
문제를 제기했던 것은 르네상스의 영웅숭배에서 탄생한 근
대의 무신론이 최초는 아닙니다. 그 결과는 가지각색이었
지만 모든 종교가 이 문제와 격투해왔으며 이는 지금까지
언급한 것으로 볼 때도 당연한 것이었습니다. 인간단체에
게 '정당한 폭력행사'라는 특수한 수단이 쥐어져 있다는 사
실, 이것이 정치에 관계된 모든 윤리문제를 더욱더 특수하
게 만드는 것입니다.

수도원의 철약에 보이는 청빈·정결·순종의 세 가지 덕목은 그 대표적인 것.

인간은 누구라도 목적이 무엇이든 일단 이 수단과 결탁하기만 하면— 정치가는 모두 그렇게 하고 있다— 이 수단 특유의 결과에 이끌려버리고 맙니다. 신앙의 투사— 종교상의 투사와 혁명의 투사— 의 경우에는 특히 그렇다고 말할 수 있습니다. 이론보다는 증거, 즉 여기서 현대의 예를 들어 설명해봅시다.

폭력에 의해 이 지상에서 절대적 정의를 세우려는 자는 부하라고 하는 '인간 장치'를 필요로 합니다. 이를 위해서는 이 인간장치에 필요한 내적·외적 프리미엄— 저승 또는 현세에서의 보장— 을 약속하지 않으면 안 될 것입니다. 그렇게 하지 않으면 장치가 기능을 하지 않을 것입니다. 내적인 프리미엄이라는 것은 현대의 계급투쟁이라는 조건 아래서 볼 때 증오와 복수욕, 특히 원한과 사이비 윤리적인 독선욕의 만족, 요컨대 적을 비방하고 이단자로 취급하고 싶다는 그들의 욕구를 만족시켜주는 것입니다. 한편, 외적인 프리미엄이라는 것은 모험·승리·전리품·권력·봉록으로 지도자의 성공 여부는 한마디로 이 장치가 제대로 기능하는가에 달려 있습니다. 따라서 그의 성공은 그 사람 자신의 동기가 아니라 이 장치의 동기에, 말을 바꾸면 적위대·스파이·선동가 등 그 지도자가 필요로 하는 부하에게 앞에서 언급한 프리미엄을 영속적으로 부여할 수 있는가에 달려 있는 것입니다. 지도자가 이와 같은 활동조건 아래서 실제로 무엇을 달성할 수 있는가는 자기 혼자만의 생각으로는 불가능하고 그 부하의 윤리적으로 비속한 행위동기에 의해 처음부터 정해져 있다고 할 수 있습니다. 부하의 동기는, 지도자의 인격과 사업에 대한 성실한 신뢰가, 적어도 동료의 일부를 고무하는 범위내에서 추종자들을 지배할 수 있는 것입니다. 더구나 이 신뢰가 주관적으로는 성실하다 해도, 대개는 복수·권력·전리품·봉록 등에 대한 욕망의 윤리적 정당화에 지나지 않습니다. 이 점에 대해서 설득당하는 일이 있어서는 안 될 것입니다. 왜냐하면 (앞에서 언급한 산상수훈과 마찬가지로) 유물론적인 역사해석도 역시 마음대로 올라탈 수 있는 마차는 아니며 혁명을 담당한 자 앞에서 (운 좋게) 멈춰주지는 않기 때문입니다. 그뿐만이 아니라 특히 중요한 것은, 격정적인 혁명의 뒤에는 구태의연한 일상생활이 나타나서 신앙의 영웅, 특히 신앙 그 자체가 자취를 감춰버리든지— 아니면 신앙이 보다 더 치명적으로— 정치적인 속물과 정치적인 기술자들의 상투적인 말의 일부가 되어버린다는 것입니다. 이러한 발전이 신앙 투쟁인 경우 특히 빠른 템포로 진전되는 것은 이 투쟁을 지휘하고 고무하는 것이 대개 혁명의 예언자라고 하는 순수한 지도자이기 때문입니다. 모든 지도자 장치가 그렇듯이 이 경우에도 '규율'을 위해 인간을 공허하게, 비정하게 만들고, 정신적으로 프롤레타리아화시키는 것이 혁명 성공을 위한 조건이 되기 때문입니다. 이렇게 해서 신앙 투쟁에 참가했던 추종자들은 일단 승리를 거두자마자 아주 간단하게 지극히 평범한 샐러리맨으로 타락해 버리고 맙니다.

무릇 정치를 하려는 자, 특히 직업으로서 하려는 자는 이 윤리적 패러독스와 이 패러독스의 압력 아래서 '자기 자신이' 어떻게 될 것인가 하는 문제에 대한 책임을 한시도 잊어서는 안 됩니다. 거듭해서 말하지만, 정치를 하려는 자는 모든 폭력 속에 몸을 감추고 있는 악마의 힘과 관계를 맺는 것입니다. 무차별적인 인간애와 자비심에 젖었던 위인들은 나사렛에서 태어났든(그리스도) 아시시에서 태어났든(성 프란체스코) 인도의 궁전에서 태어났든(불타) 폭력이라는 정치수단을 사용하지는 않았습니다. 그러나 그들의 왕국과 (현세가 아니지만) 그들의 영향은 예나 지금이나 지속되고 있습니다. (톨스토이가 묘사한) 플라톤과 카라타예프, 도스토예프스키가 묘사한 성인의 모습은 지금도 역시 인류애에 충만한 달인들의 모습을 가장 완전하게 재현시키고 있습니다.

자기 영혼의 구제와 타인의 영혼의 구제를 원하는 자는,
이를 정치라는 방법에 구하지는 않습니다. 정치에는 그것
과는 전혀 별개인 폭력에 의해서만 해결할 수 있는 과제
가 있을 뿐입니다. 정치의 수호신과 데몬은 사랑의 신, 아
니 교회가 표현한 기독교도의 신과도 해결 불가능한 투쟁
으로 언제 폭발할는지도 모르는 내적 긴장관계 속에서 살
고 있는 것입니다. 교회가 지배하던 시대에 살았던 사람들
도 이 사실을 알고 있었습니다. 피렌체에 대해서는 서너 번
씩 비적수여정지(Interdikt)[22] 조치가 내려지고 이 조치는 당
시 사람들과 그 혼의 구제에 있어서, 뒷날 칸트파의 윤리적
비판에 대한 '냉엄한 승인'(피히테의 말)보다도 훨씬 더 꼼짝
달싹 못하는 중압감을 의미했습니다. 그러나 시민들은 교
회국가에 대한 반항을 전개했습니다. 이 점에 대해 마키아
벨리는— 내 기억이 틀리지 않았다면《피렌체사》의 훌륭한
한 구절(제3권)에서— 영혼의 구제보다 자기 도시의 위대함
을 소중히 여긴 시민들을, 1인의 영웅의 입을 빌려 칭찬하
고 있습니다.

교회 소속 신자가 교회의 구성원 자격을 상실함이 없이,
입당금지를 포함하는 일정한 성무(聖務)에의 참여와 비적(세

---

22 교회 형벌 가운데 징벌형의 일종.

례·견신·회전·혼인 등) 수여를 정지당하는 것을 말한다.

　자신의 도시와 '조국'은 오늘날 많은 사람들에게 있어서 이미 일의적(一義的)인 가치가 아닐지도 모릅니다. 그러나 여러분이 이를 대신하여 '사회주의의 장래'와 '국제평화'를 이야기할 경우에도 지금 말씀드린 것과 동일한 문제가 발생할 것입니다. 왜냐하면 폭력적 수단을 사용하고, 책임윤리라는 길을 통하여 행해지는 정치행위는 그 행위에 의해 추구되는 모든 것이 '영혼의 구제'를 위태롭게 하기 때문입니다. 그러나 이 '영혼의 구제'가 순수한 심정윤리에 의해 신앙투쟁 속에서 추구되는 경우 '결과'에 대한 책임이 결여되어 있기 때문에 이 목적 자체가 여러 세대에 걸쳐 상처를 입고 신용을 잃게 되는지도 모릅니다. 왜냐하면 이런 경우에 행위자는 거기서 활동하고 있는 악마의 힘을 눈치채지 못하기 때문입니다. 악마의 힘은 용서가 없는 법으로 만일 행위자가 이것을 간파하지 못한다면 그 행위뿐만 아니라 내면적으로도 본인을 무참히 파멸시키는 결과를 초래하고 말 것입니다.

　"악마, 그는 노인이다".

　"그러니까 악마를 이해하려면 자네도 빨리 나이를 먹어야 하네." (괴테《파우스트》제 2 부)

　여기서 말하고자 하는 것은 세월이나 나이가 아닙니다.

타인과 의논할 때 출생증명서의 날짜를 비장의 카드처럼 써먹을 수 있다는 것, 이는 참으로 이상한 이야기이며 지금까지도 나는 절대로 승복하지 않았지만, 반대로 이번에는 어떤 남자가 스무 살이고 나는 오십 고개를 넘었다고 해서 그것만으로 큰 공을 세운 듯이 거들먹거릴 수는 없다는 것입니다. 문제는 나이가 아닙니다. 그러나 수련에 의해 생의 현실을 직시하는 눈을 갖고 생의 현실을 견디고 내면적으로 극복할 수 있는 능력을 갖는 것은 누가 뭐라 해도 빠뜨릴 수 없는 조건입니다.

분명히 정치는 머리로 하는 것이지만 머리만으로 하는 것은 결단코 아닙니다. 그 점에서는 심정윤리가 하는 말이 전적으로 타당합니다. 그러나 심정윤리가로서 행위해야 하는가, 아니면 책임윤리가로서 행위해야 하는가, 또 어떤 경우에 어느 쪽을 선택해야 하는가에 관해서는 누구에게도 지시하는 듯한 말을 할 수는 없습니다. 단지 이것만은 분명하게 말할 수 있겠습니다. 만일 지금 이 흥분의 시대에—여러분은 이 흥분이 쓸모 없는 흥분은 아니라고 여기시는 듯한데, 어찌됐든 흥분은 진정한 정열이 아니며, 적어도 진정한 정열이라고는 말할 수 없다—별안간 심정윤리가가 나와서 "어리석고 비속한 것은 세상이며 내가 아니다. 이렇게 된 책임은 내가 아니라 타인에게 있다. 나는 그들을 위해 일하고, 그들의 어리석음과 비속함을 근절시킬 것이다"
라고 제멋대로 떠들 경우 나는 분명히 말씀드리겠습니다—
우선 나는 이 심정윤리의 배후에 있는 '내용적인 무게'를 문
제삼을 것입니다. 그리고 상대방의 십중 팔구는 자기가 지
고 있는 책임을 정말로 느끼지 못하고 로맨틱한 감동에 취
해 제정신이 아닌 허풍쟁이라고 생각할 것입니다. 인간적
으로 볼 때 나는 이런 일에 흥미가 없고 거의 감동을 느끼
지도 않습니다.

　이와 반대로, 결과에 대한 책임을 통감하고 책임윤리에
따라 행동하는 성숙한 인간이— 노소를 불문하고— 있는
지점까지 가서 "나로서는 이렇게 할 수밖에 없다. 나는 여
기에 머물겠다"(루터의 말) 고 말한다면 측량하기 어려운 감
동을 받을 것입니다. 이것은 인간적으로 순수하고 영혼을
흔들어대는 정경일 것입니다. 왜냐하면 정신적으로 죽지
않는 한 우리들 누구라도 언젠가는 이러한 상태에 이를 수
있기 때문입니다. 그런 경우에 한해서 심정윤리와 책임윤
리는 절대적으로 대립하는 것이 아니라 오히려 양쪽이 서
로 도와서 '천직으로서의 정치'를 가질 수 있는 참된 인간을
만들어내는 것입니다.

　어쨌든 이 자리에 계신 여러분, 10년 후에 다시 한번 이
문제에 대해서 토론해보지 않겠습니까? 유감이지만 나는

이런저런 이유 때문에 아무래도 불안한 예감이 들기는 하지만 10년 후에는 반동의 시대가 시작되고 여러분들 중 많은 사람이— 솔직히 말해서 나도 포함해서— 기대했던 일의 거의 전부가, 설마 전부는 아니겠지만, 적어도 외견상 대개는 실현되지 않았을 것입니다— 이것은 대체로 있을 법한 이야기이며, 그런 사실을 안다 해도 나는 좌절하지 않을 테지만 물론 심정적으로 무거운 짐은 된다— 그때 나로서는 여러분 중에 오늘 자신을 순수한 '심정윤리가'라고 느끼고 지금의 혁명이라는 도취에 가담하고 있는 사람들이 진실로 어떻게 변해 있을지 그것이 알고 싶은 것입니다. 만일 그때의 사태가 다음의 셰익스피어의 《시편》 102절에 들어맞는 상태라면 얼마나 근사한 일일까요?

우리가 사랑을 나눌 때는 마치 봄 같았네,
그때 우리는 날마다 노래로 봄을 맞았지.
초여름에 묘음조(극락에 있다는 새) 지저귀더니,
녹음이 짙어가며 노래를 멈추었네.

그러나 지금의 현실은 그렇지 않습니다. 현재 어떤 그룹이 표면상 승리를 얻든 간에 지금 우리 앞에 있는 것은 꽃이 만발한 초여름이 아니라 당장은 어둡고 삼엄하게 얼어

붙은 북극의 밤입니다. 실제로 아무것도 존재하지 않는 곳에서는 비단 황제뿐만 아니라 프롤레타리아까지도 그 권리를 상실해버리고 맙니다.

이윽고 이 밤이 서서히 물러가기 시작할 때 지금 자기 인생의 봄을 구가하고 있는 것처럼 보이는 사람들 가운데 누가 살아 남을 수 있을까요? 또 여러분 한 사람 한 사람은 그때 어떻게 변해 있을까요? 울분을 풀 길이 없는 상태일까요? 아니면 철저하게 속물로 전락하여 그저 멍하니 생업에만 매달리고 있을까요? 그것도 아니면 제3의 유형으로 흔한 형태인데— 원래부터 소질이 있는 사람과(흔히 있는 나쁜 버릇으로) 그러한 흉내를 내려고 제정신이 아닌 무리들처럼— 신비스러운 현세 도피적 경향에 빠져 있을까요?

이상의 어느 경우에 대해서도 나는 다음과 같은 결론을 내릴 것입니다. 이 사람들은 자기 자신의 행위를 펴나갈 만한 인물이 못 된 것입니다. 있는 그대로의 현실에도, 일상생활조차도 견디지 못했던 것입니다. 요컨대 이 사람들은 자기들은 가지고 있다고 믿었던 천직으로서의 정치를 가장 깊은 내면적인 의미에서 볼 때 객관적으로, 그리고 사실상으로도 갖고 있지 않았던 것입니다. 차라리 그들은 만나는 사람마다 사실대로 순수하게 동포애를 설득하고, 평상시에는 자신의 일상 업무에 전념했었더라면 좋았을 것입니다.

　정치라는 것은 정열과 판단력 두 가지를 구사하면서, 단단한 판자에 힘을 모아 서서히 구멍을 뚫어가는 작업입니다. 만일 이 세상에서 불가능한 일을 목표로 끈질기게 도전하는 일이 없다면 가능한 일을 달성하는 것 조차도 불안해진다는 것은 전적으로 타당하며 모든 역사의 경험이 이를 증명하고 있습니다. 그러나 이것을 할 수 있는 사람은 지도자가 아니면 안 됩니다. 아니, 지도자일 뿐만 아니라— 아주 소박한 의미에서의— 영웅이 아니면 안 됩니다. 그리고 지도자도 아니고 영웅도 아닌 사람은 어떠한 희망의 좌절에도 꺾이지 않는 굳은 의지로 지금 당장 무장할 필요가 있을 것입니다. 그렇게 하지 않으면 지금 가능한 것도 관철할 수 없을 것입니다. 자기가 이 세상에 봉사하려는 것에 비하여 현실의 세계가— 자신의 입장에서 볼 때— 아무리 어리석고 천해보일지라도 절대로 굴하지 않는 인간, 어떤 사태에 직면해서도 '그럼에도 불구하고!'라고 단언할 자신이 있는 인간, 그런 인간만이 '천직'으로서의 정치를 갖는 것입니다.

연 보

1864년	4월 11일 독일 중부의 소도시 에르푸르트에서 출생.
1882년	베를린에서 고등학교를 졸업하고 하이델베르크 대학에 입학. 법률학을 제1 전공으로 택함. 베버는 특히 역사·경제학·철학에 관심을 가짐. 이 해에 베버는 남서 독일 출신자의 학생조합에 가입함.
1883년	시트라스부르크에서 1년간의 지원병으로서 군에 들어감.
1885년	1884~85년의 겨울 학기와 85년의 여름 학기를 베를린 대학에서 배움.
1886년	사법관시보(司法官試補) 시험에 합격.
1889년	베를린 대학의 골드시미트 교수 및 크나이스트 교수의 지도하에 박사학위를 받음. 논문 제목은

〈중세상사회사사(中世商事會私社)의 연구〉임.

1891년 《복음사회적 시사문제》라는 신문의 편집업무를 인수함. 〈로마 농업사, 국법 및 사법에 있어서의 그 의미〉를 집필.

1892년 골드시미트가 병으로 강의를 못하게 되자 베버가 그 대신 베를린 대학의 강의 및 세미나를 맡음.

1893년 프라이부르크 대학 경제학 담당 정교수로 추천됨. 한편 이해에 베를린 대학의 강사로서 상법 강의를 담당함. 마리안네와 결혼함. 이 시기에 베버는 〈농업노동의 사정〉〈토지분배와 소지주의 보호에 대한 토론연설〉〈복음사회회의의 강좌〉등 소론(小論)을 집필함.

1894년 프라이부르크로 이주. 경제학의 강의를 시작함. 〈엘베강 이동지방의 농업노동자의 상태의 발전경향〉〈독일의 농업노동자〉〈프로이센 농업회의의 심의〉등의 논문 발표.

1895년 프라이부르크 대학에서 취임 강연. 연제(演題)는 〈국민국가와 경제정책〉.

1896년 하이델베르크 대학에 초빙됨.

1899년 건강상의 이유로 여름 학기의 강의를 휴강함. 그해 겨울에 사표를 제출함.

1903년　교직에 복귀했으나 명예교수가 되고 학위 심사권과 학부내에서의 발언권은 갖지 못하게 됨. 〈프로테스탄티즘의 윤리와 자본주의 정신〉집필 착수.

1904년　《사회과학 및 사회정책》지를 야폐 및 베르너 좀바르트와 같이 편집함.

1905년　〈프로테스탄티즘의 윤리와 자본주의 정신〉을 《사회과학 및 사회정책》지에 발표함.

1907년　나우만 제국의회 선거에 당선됨.
　　　　H.카를 피셔의 논문 〈막스 베버의 논문 프로테스탄티즘의 윤리와 자본주의 정신에의 비판적 기여〉에 대한 반비판론(反批判論)을 발표함.

1908년　〈베른하르트 사건〉〈독일 대학에 있어서의 소위 교직의 자유〉〈프로이센 여러 지방에 있어서의 신용정책 및 농업정책〉〈한계효용이론과 정신물리학적 근본법칙〉등 제논문을 발표함.

1909년　《사회경제학 기초》를 감수함. 〈고대 농업사정〉〈고대 농업제도〉〈에네르기론적 문화이론〉〈사회심리학적 조사와 그 취급의 방법론을 위하여〉등의 논문 및 아돌프 베버의 《과학으로서의 경제학의 과제》에 대한 서평 등을 집필·발표함.

1911년   제4회 대학교원대회 석상에서 프로이센 문부성 국장인 고(故) 알트호프의 문교정책 및 인사정책을 공격하고, 또 상과대학의 학생조합을 날카롭게 비판함. 이 일은 광범한 저널리즘상의 논쟁을 야기함.

1914년   제1차 세계대전이 발발함. 개전(開戰) 후 베버는 하이델베르크의 야전병원위원회에서 근무함.

1915년   하이델베르크 야전병원위원회를 물러나 베를린에서 정치적 활동을 하려다가 뜻을 이루지 못하고 종교사회학의 연구에 전념함.

1918년   베버, 다시 대학으로 돌아가서 빈 대학에서 여름 학기의 강의를 시작함. 〈유물사관에의 적극적 비판〉이란 제목으로 종교사회학 연구의 성과를 강의함. 〈당면한 내정의 과제〉〈휴전과 강화〉〈독일의 국가형태〉〈독일의 장래의 국가형태〉 등을 집필함.

1919년   뮌헨의 비조합원 학생동맹의 연속 강연회(주제는 '직업으로서의 정신노동')의 세미나에서 〈직업으로서의 학문〉과 〈직업으로서의 정치〉라는 제목의 두 강연을 행함.

1920년   쿠르트 아이스너의 암살자 아르코 발리이 백작
         에의 판결에 대한 뮌헨 대학 우익학생의 항의를
         베버는 비판함. 학생들 반(反)베버의 데모를 함.
         6월 초, 폐렴에 걸림. 6월 15일에 세상을 떠남.

옮긴이 소개

김진욱
서울대학교 사범대학 졸업. 한국교재개발공사 주간 역임.
역서:《작은 것이 아름답다》《우연과 필연》《갈매기의 꿈》《멕베
스·리어왕》《타임머신》《적극적 사고방식》등이 있다.

김승일
동국대 사학과, 대만국립정치 대학 역사연구소 졸업.
역서:《건건록》《세계의 문자》《근대일본과 한국》《등소평문선》
《역사란 무엇인가》《삼민주의》《한국통사》《모택동선집》
《나의 아버지 모택동》《천국의 새》등이 있다.

직업으로서의 학문·정치

초판 1쇄 발행 / 1997년 11월 20일
초판 3쇄 발행 / 2004년 2월 10일
2판 1쇄 발행 / 2008년 10월 10일
3판 1쇄 발행 / 2021년 6월 10일

지은이   막스 베버
옮긴이   김진욱, 김승일
펴낸이   윤형두
펴낸데   범우사

등록번호   제406-2003-000048호
등록일자   1966년 8월 3일
주소   (10881) 경기도 파주시 광인사길 9-13 (문발동)
전화   031)955-6900~4, 팩스 031)955-6905

잘못된 책은 바꾸어 드립니다.
ISBN 978-89-08-06193-3 04300   홈페이지 www.bumwoosa.co.kr
     978-89-08-06000-5 (세트)   이메일 bumwoosa1966@naver.com